# DAS RUAS PARA AS ESCOLAS

# DAS ESCOLAS PARA AS RUAS

SLAM

INTERESCOLAR SP

**TÍTULO: Das ruas para as escolas, das escolas para as ruas: Slam Interescolar**

**Autoria:** Coletiva

**Coordenação editorial:** Uilian Chapéu

**ORGANIZAÇÃO:** Coletivo Slam da Guilhermina

**1ª revisão:** Emerson Alcalde e Cristina Assunção

**2ª revisão:** Cynthia Agra de Brito Neves

**3ª revisão:** Janaína Moitinho

**Projeto gráfico, diagramação:** YAN Comunicação

**Editora:** LiteraRua

**REALIZAÇÃO:** Este livro faz parte do projeto “Das ruas para as escolas, das escolas para as ruas”, do coletivo Slam da Guilhermina contemplado pela 3ª edição do edital Fomento à Cultura da Periferia da Secretaria Municipal de Cultura de São Paulo.

**Fotos da capa:** Daniel GTR, Índia, Renata Armelin, Rodrigo Motta e Sérgio Silva

Obra em conformidade com o Acordo Ortográfico da Língua Portuguesa de 1990 em vigor no Brasil desde 2009. Contém linguagem em conformidade com a RUA.

**Dados internacionais de Catalogação na Publicação (CIP)**

Slam Interescolar

Organização e edição: ASSUNÇÃO, Cristina Adelina de; JESUS, Emerson Alcalde de; SANTOS (Chapéu), Uilian da Silva; Revisão: Janaína Moitinho; Produção de capa, diagramação e projeto gráfico: YAN Comunicação; Slam Interescolar: organizado pelo coletivo Slam da Guilhermina – São Paulo, 2021.

ISBN: 978-65-86113-08-2

1. Slam. 2. Poesia. 3. escola. 4. concurso. I. Organizadores. II. Título. III. Slam da Guilhermina.

CDU: 82-1 CDD: 808.81

**Siga no Instagram @slamdaguilhermina e @slaminterescolar**

**E no nosso canal do Youtube: SLAM DA GUILHERMINA**

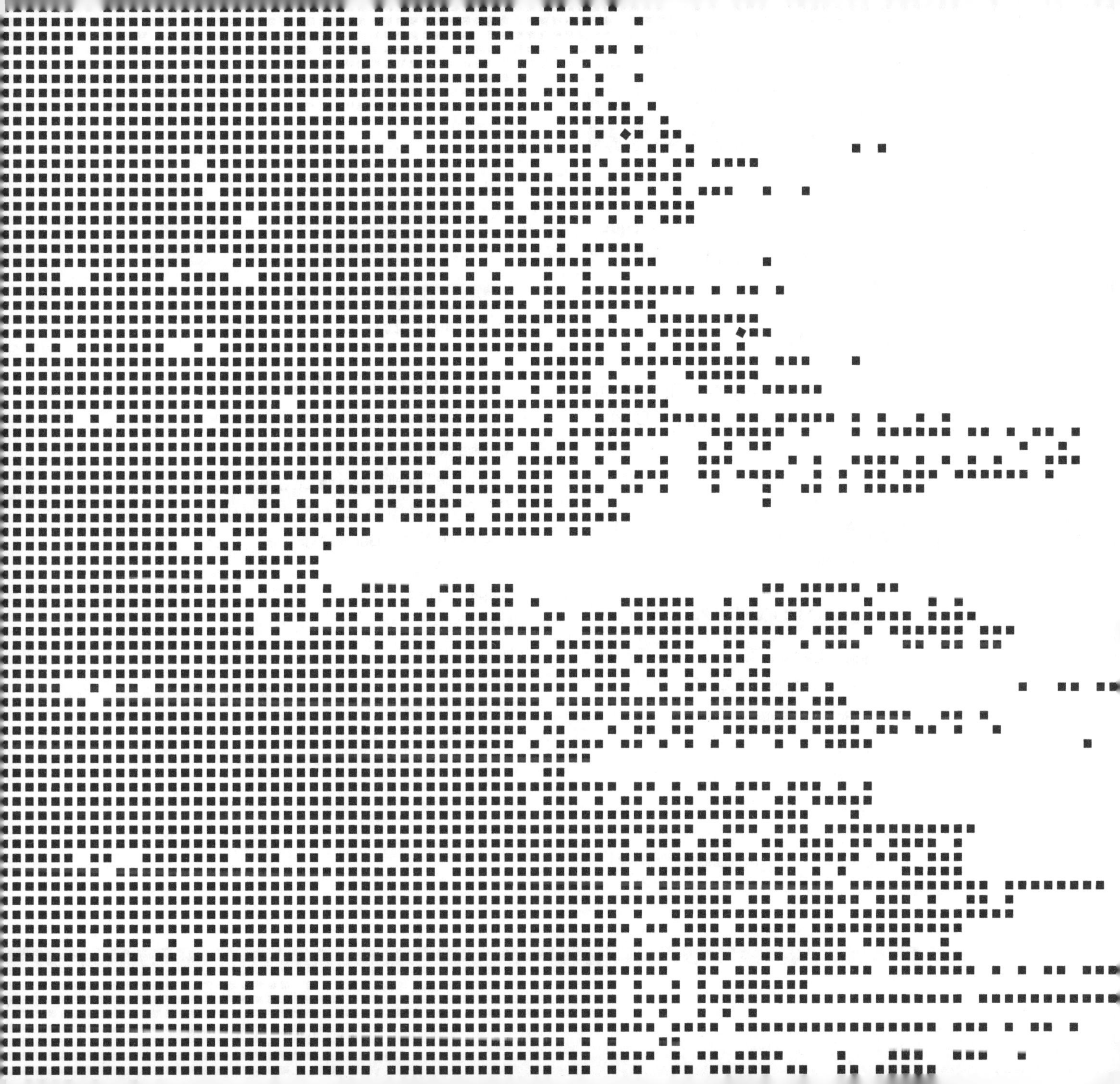

# SUMÁRIO

# SUMÁRIO

"EDUCAÇÃO NÃO TRANSFORMA O MUNDO. EDUCAÇÃO MUDA AS PESSOAS. PESSOAS TRANSFORMAM O MUNDO."

(Paulo Freire)

# PREFÁCIO

## *Poemar é preciso porque somos poesistência*

Falar de poesia em tempos de pandemia é um ato de resistência, de reexistência, de poesistência[1]. Esse compromisso ético e estético é a proposta do livro: "Das ruas para as escolas, das escolas para as ruas: Slam Interescolar", que celebra os cinco anos do projeto homônimo que levou os slams para as escolas paulistas.

A iniciativa partiu de Emerson Alcalde, como ele próprio relata em "De Belleville ao Romano: o Slam da Guillhermina vai às escolas". Em 2014, Emerson foi o representante brasileiro na *Copa do Mundo de Slam* (*Grand Poetry Slam*), que ocorre todo ano em Paris, na França. Na ocasião, Emerson e Cristina Assunção, sua companheira de vida e de Guilhermina, assistiram a um *slam* organizado pelas escolas parisienses em que participavam crianças e jovens estudantes da educação básica. De volta ao país, o casal compartilhou a ideia com o Coletivo da Guilhermina, que decidiu organizar, em 2015, o primeiro campeonato *Interescolar de Slam de São Paulo*. Foi um começo tímido, que envolveu apenas quatro escolas da Zona Leste de São Paulo. Contudo, ao longo desses cinco anos, o projeto educativo cresceu: em 2016, 20 escolas participaram; em 2017, 42; em 2018, 55; e em 2019, foram 80 escolas participantes. Em 2020, o número de escolas inscritas passou de uma centena. Um número surpreendente para quem acha que os nossos jovens estudantes não se interessam por poesias. Ledo engano! "O que me salva é a minha poesia" – exclama a aluna-*slammer* no Interescolar de 2018[2].

O objetivo é incentivar jovens estudantes do ensino fundamental e médio a escreverem poesias autorais para apresentá-las performaticamente em um evento de *slam* na escola. Os vencedores

1 Neologismo emprestado do verso "e por isso não faço poesia, eu vivo poesistência", de Kauan Angelo, 16 anos, aluno da Escola Estadual Levi Carneiro, no Interescolar de 2019.

2 Evelyn Giovana, 16 anos, aluna da Escola Estadual Vicente Rao.

do campeonato *intra*escolar, denominado de "seletiva", representam suas respectivas escolas no *inter*escolar, que ocorre em meados de novembro na capital paulista. A proposta contagiou educadores e educandos, e se espalhou por outros estados (Minas Gerais, Espírito Santo, Rio de Janeiro, Bahia, Mato Grosso do Sul) que decidiram também fazer o seu *Slam Interescolar*. Atualmente, há até um *Slam Interescolar Nacional no Brasil*, como também há Interescolares em outros países, conforme narrado no capítulo 7 ("Slam Interescolar pelo Brasil e pelo Mundo") deste livro.

Confesso que sou entusiasta dessa "ocupação", ou melhor, dessa "invasão" – para assumir aqui a perspectiva da Linguística Aplicada *In*disciplinar (Moita Lopes, 2006)[3] – dos *slams* nas escolas. Os *slams* são "eventos de letramentos" (Street, 2014)[4] que envolvem práticas sociais específicas de leitura e de escrita poéticas. Na escola, essas práticas de letramentos podem (e devem) ser ensinadas pelos professores da educação básica em aulas, por exemplo, que visem a trabalhar a "leitura em voz alta", ou a "produção de texto oral" (lembrando que *slam* é poesia falada: *spoken word*), ou até mesmo a "escrita poética", a "escrita literária", também chamada de "escrita criativa" (por que não?). Tais sugestões didáticas podem se articular colaborativamente ao trabalho desenvolvido pelos poetas-formadores nas escolas, como explicado em "Pedagogia do Slam", no capítulo 6. Como se vê, a periferia já dava o seu recado à Educação no Brasil antes mesmo de o gênero poesia-*slam* ser prescrito na Base Nacional Comum Curricular (BNCC, 2018).

Embora a ideia de levar os *slams* para as escolas não tenha nascido no Brasil, tampouco seja um projeto pedagógico exclusivo de nosso país, foi aqui que essa aproximação "Slam e Educação" ganhou uma nova conotação: a de *letramento literário crítico*. Uma leitura atenta às letras das poesias produzidas pelos estudantes que participam dos *Slams Interescolares de São Paulo* revela

---

3 MOITA-LOPES, L. P. da (Org.). *Por uma Linguística Aplicada Indisciplinar*. São Paulo: Parábola Editorial, 2006.

4 STREET, B. *Letramentos Sociais*: abordagens críticas do letramento no desenvolvimento, na etnografia e na educação. São Paulo: Parábola Editorial, 2014.

o quanto seus versos ecoam uma cultura jovem, popular, negra e pobre, de moradores da periferia – "porque a periferia é pó(bre) / porque a periferia é pó(esia)"[5]. Usam a linguagem poética como arma política para denunciar o racismo, a violência policial, o tráfico de drogas, a cultura do estupro, o machismo[6], a homofobia etc. Escrevem e performam em voz alta poemas autorais, nos quais *r*eagem, *r*ejeitam, *r*evoltam-se, *r*econhecem-se, *r*esistem e *r*eexistem (Neves, 2017)[7]; é por meio da poesia que *se* dizem singular e subjetivamente (Rouxel et al, 2013)[8]; subvertem e transgridem, criticam governos, falam em revolução.

Nessa arena, há ainda poesias que valorizam a educação – "porque a educação derruba o governo!"[9], que homenageiam professores, que saúdam personagens históricas (Nelson Mandela, Martin Luther King, Dandara dos Palmares, Frida Khalo, Marielle Franco), que celebram poetas (de Carlos Drummond de Andrade a Racionais), que falam de arte, música, cultura e literatura, que se preocupam com nossa sociobiodiversidade ("Amazônia fica, Bolsonaro sai")[10]. Enfim, é por meio da poesia oral que os estudantes-*slammers* assumem a vez e a voz de cidadãos críticos, sujeitos políticos, portanto. Aliás, os textos poéticos que produzem para a cena do Interescolar são muito mais persuasivos que as tais propostas de intervenção exigidas na prova de redação do Exame Nacional do Ensino Médio (ENEM).

Do ponto de vista formal, a poesia-*slam* se caracteriza por se afastar da ideia tradicional de poema. São poesias mais discursivas, mais objetivas, que se preocupam em passar uma mensagem

5 Versos de Mariana Duarte, 15 anos, aluna da Escola Estadual Catalano, no Interescolar de 2019.

6 Um salve especial às poetas do Interescolar de 2019 que defenderam feminismo com seus versos de luta e resistência.

7 NEVES, C. A. B. *Slams* – letramentos literários de reexistência ao/no mundo contemporâneo. *Revista Linha D'Água* (online). São Paulo, v. 30, n. 2, p. 92-112, out./2017.

8 ROUXEL, A.; LANGLADE, G. REZENDE, N. L. de (Org.). *Leitura subjetiva e ensino de literatura*. São Paulo: Alameda, 2013.

9 Verso de Amanda Lopes, 14 anos, aluna da Escola Estadual Francisco João de Azevedo, no Interescolar de 2019.

10 Verso de Vitor Luiz de Oliveira Neto, 15 anos, aluno da Escola Estadual Professor Astrogildo Arruda, no Interescolar 2019.

direta e reta ao público ouvinte: "poesia do papo reto"[11], imprimindo assim, um ritmo próximo ao *rap*. Os estudantes-*slammers* aprenderam bem a lição e souberam produzir poemas críticos sim, mas sem jamais perder a criatividade. Surpreendem-nos com a elaboração de neologismos, com o uso de anáforas; fazem aliterações, abusam das onomatopeias, inventam metáforas, arriscam-se em rimas sofisticadas; oscilam entre letras minúsculas e maiúsculas para marcar a tonalidade da voz; recriam a linguagem da periferia em poesia demostrando que sabem "poemar a própria vida"[12], porque amam fazer poesias e não as fazem por/como obrigação escolar.

Por tudo isso é que defendo e encorajo o trabalho com os *slams* nas escolas, e parabenizo o projeto do *Coletivo Slam da Guilhermina* por acreditar, assim como eu, em uma educação literária e libertária.

Cynthia Agra de Brito Neves[13]

11 Como bem observou a poeta Luna Vitrolira no capítulo "Na poesia", de Julia Klien, em: HOLLANDA, H. B. de. *Explosão feminista*: arte, cultura, política e universidade. São Paulo: Companhia das Letras, 2018, p. 130.

12 Verso e neologismo emprestados de Leão do Norte (José Walisson de Farias Santos), 13 anos, aluno da Escola Municipal Humberto de Campos, no Interescolar de 2018.

13 Docente do Instituto de Estudos da Linguagem (IEL), da Universidade Estadual de Campinas (UNICAMP).

# INTRODUÇÃO

Salve, salve! Tá suave? Tá firmão? É o seguinte, nas páginas adiante compartilharemos com geral um pouco dos cinco anos de história do *Slam Interescolar de São Paulo*, já é? Uma batalha de poesia entre os menó do ensino fundamental e médio, um torneio de poesia falada entre escolas, organizada pelo Coletivo *Slam da Guilhermina*. Mas, aê, se engana quem pensa que vencer o *Slam Interescolar de São Paulo* é o mais importante, não, não, não, tio. É outra fita. A maior vitória está no processo da aprendizagem. Quando paramos para ouvir o que a molecada tem a dizer, cê é loko, é aí que percebemos o quanto precisamos nos humanizar. Giz e lousa não são suficientes, pode pá. Temos que romper os muros das escolas.

E pra ilustrar as ideias parafraseamos um pouco do pretão Nelson Mandela:

"A educação é a arma mais poderosa que você pode usar para mudar o mundo. "

É nessa pegada que fazemos o *Interescolar*, mas a saga é bem mais complexa, inscrever-se no *Interescolar* por si só, já nos mostra o perfil libertário e revolucionário deste profissional da educação: o/a professor/a. Ele ou ela ainda não desistiu de lecionar e, apesar de toda adversidade, acredita no poder de transformação através do ensino público e gratuito, e por isso merece todo nosso respeito. Sem mais. Veremos a seguir as múltiplas realidades e saberes de jovens estudantes, a maioria de quebrada, compilados em uma organização cronológica que desafiou o tempo no resgate dos poemas e das informações aqui registrados. Criar este livro não foi tarefa fácil e nem de boa, os textos aqui reunidos são resultados de uma seleção feita por um bonde que analisou mais de 250 poemas com a missão de representar a pluralidade em uma obra de espaço limitado.

O livro também contará com algumas surpresas no decorrer da leitura, umas curiosidades, textos extras, comentários, fotos e outras fitas. De forma breve, dichavamos em cada capítulo as alterações que as edições sofreram e certas dificuldades enfrentadas nesses anos, além do levantamento do perfil dos participantes.

Este é um livro de memória. É sobre oralidades, ancestralidades. Transcrever as correrias e emoções que vivemos e pá é impossível, o que buscamos aqui é poder compartilhar o quanto amamos fazer esse bagulho.

Seja na praça da Guilhermina, seja nas ruas, seja nas escolas, seguimos nesse movimento cíclico, pois a poesia pra nóiz é resistência, celebração e convívio.

*Coletivo Slam da Guilhermina*

# DE BELLEVILLE AO ROMANO:
## O SLAM DA GUILHERMINA VAI ÀS ESCOLAS

Dezenas de crianças descem do ônibus e se juntam a outras que estão em fila na porta do Teatro de Belleville, em Paris, na França. Elas carregam cartazes de incentivo e entoam cantos de torcida. Aparentam ter em média entre 7 a 11 anos de idade. Do meu lado esquerdo tem um *outdoor* enorme com a programação do *Grand Slam Paris*. Vejo a minha foto, saco o meu celular e tiro uma *selfie* para postar nas redes sociais. Me aproximo das crianças para entrarmos juntos no teatro. Começaria em instantes o *Slam Interescolar* parisiense. Estamos no ano de 2014. Faço um breve reconhecimento do espaço, pois naquele mesmo palco que está sendo preparado para os menores, eu também iria me apresentar nos dias seguintes representando o Brasil na *Copa do Mundo de Slam*. Me espanto com a empolgação das crianças francesas em aguardar ansiosamente por um campeonato de poesia falada. Penso que isso seria normal no meu país caso fosse um torneio de futebol escolar, aliás, a Copa do Mundo de futebol começaria daqui a um mês no Brasil, mas uma Copa de poesia falada... Eu não conseguia imaginar os meninos e as meninas da quebrada calados em um espaço cheio de gente, quem diria competindo em uma atividade que envolve corpo e palavra. Realmente, na França é outros 500. As crianças fazem barulho no teatro, querem ficar de pé, exibem seus cartazes com o nome do/da poeta competidor/a e assim provocam os/as demais. É anunciado o nome da primeira criança poeta, que sobe no palco, pega o microfone, e logo o silêncio e a concentração imperam. Noto que essas crianças poetas até que não são tímidas, afinal, estão declamando seus poemas para diversas outras crianças, de outras escolas, e estão sendo avaliadas por pessoas adultas que nem sequer conhecem. No meio do evento, Cristina e Iara, que vieram a Paris em voo diferente do meu, e se hospedaram em outro lugar, aparecem no teatro. E eu, como se tivesse feito a maior descoberta do século, conto o que acabara de presenciar. Elas rapidamente se acomodam em seus lugares para acompanhar as performances poéticas. Cristina liga a câmera: uma menina loira declama seus versos com muita desenvoltura, já um menino negro tem dificuldades em prosseguir a leitura de seu poema, pois a mão que segura o papel treme demais, mas enfim, ele consegue concluir. Mesmo na França as diferenças sociais e raciais entre um nativo, branco, e um imigrante, negro, também ficam evidentes na formação escolar.

De volta ao Brasil, na Guilhermina, narramos a experiência para os membros do Coletivo que, de imediato aceitam organizar, de alguma maneira, um slam de poesias nas escolas de São Paulo. Cristina leciona no Colégio La Salle, a menos de quatrocentos metros da praça onde realizamos o *Slam da Guilhermina*. Marcamos uma apresentação do nosso slam na escola onde ela é professora. Os slammers entram no pátio – feito de palco – e os alunos vão ao delírio, querem abraçá-los, tirar fotos, agem como verdadeiros fãs. Abrimos inscrições para as crianças que desejavam se aventurar a declamar poesias e algumas topam. O silêncio não é o mesmo que o de Paris. Difícil fazê-los se concentrar na apresentação. Após um longo tempo, todos permanecem sentados e relativamente quietos. A professora Cristina faz o registro audiovisual. Em pouco tempo ela passaria a conduzir mensalmente um slam dentro da escola com a participação exclusiva dos estudantes do La Salle.

A primeira iniciativa funcionou. Na internet, procurei vídeos de slams escolares em outros países e encontrei nas Ilhas Maurício. O primeiro menino que aparece interpreta sua poesia: se movimenta pelo palco, fala rápido e ritmado, balança os ombros, pede para plateia repetir trechos do poema, e é correspondido. Neste momento a turma acorda e cai na gargalhada, eu aponto para a possibilidade de utilizar o corpo para falar uma poesia assim como destravam no Passinho do Romano. Pode ser fácil e divertido. Na sequência, uma apresentação de poesia em trio, formado por dois meninos e uma menina, todos com aparência física de indianos. Falam em coro e solo. Enquanto um poeta sola na frente, os outros dois atrás ilustram o que está sendo dito fazendo gestos expansivos e expressões faciais exageradas. Por último, a apresentação de um menino muito novo e bem retinto que, com sua fala pausada, conduz a narrativa a outros tempos e espaços, o que nos faz lembrar um *griot*, aquele contador de histórias africano. Impressionante como o menino poeta hipnotiza as crianças com sua maturidade e segurança.

Em 2013 assumo o cargo de coordenador de projetos culturais do Centro Educacional Unificado (CEU)[14] Três Pontes e uma das minhas atribuições é realizar projetos. Escrevo dois: "Batalha do Passinho do Romano (dança)" e "Denegrir as palavras para clarear as ideias (literatura)". Felizmente os projetos são aprovados pela gestão e pela coordenação pedagógica da EMEF da unidade. Começo com o que é mais próximo dos estudantes: o *funk*. Antes de trabalhar no Jardim Romano, onde fica o CEU Três Pontes, eu nunca tinha ouvido falar em "Passinho do Romano "[15]. Até que em uma festa da escola vi que a garotada dançava de uma forma diferente e perguntei o que eram aqueles passos. Um menino me explicou que dançavam assim para homenagear o Magrão, um cara do bairro que dançava daquele jeito desengonçado e que havia morrido há pouco tempo. Rapidamente me propus a organizar a "Batalha do Passinho do Romano" no teatro da escola, aberto à comunidade. No meio desse projeto insiro a poesia e o rap, o que a princípio os estudantes estranham, mas logo percebem a conexão entre sua dança e minha proposta. Quem estava de fora não entendeu o porquê de eu levar o B. Boy Banks, da tradicional Back Spin Crew, e tal convite gerou certa polêmica para além dos muros da escola. O *Hip-Hop* não poderia se misturar com o *funk*, criticavam. O movimento se dividiu, uma metade apoiou a participação de Banks e a outra metade o massacrou nas redes sociais de todo o país. Mas ninguém veio ver ao vivo o trabalho desenvolvido no último bairro da Zona Leste de São Paulo, onde as

14 Os Centros Educacionais Unificados (CEU) são equipamentos públicos municipais de educação localizados nas periferias de São Paulo, nele há áreas dedicadas para práticas esportivas, recreativas e culturais. Para mais informações consultar https://educacao.sme.prefeitura.sp.gov.br/centros-educacionais-unificados-ceus/. Acesso em 20/09/2020.

15 Uma dança do gênero funk criado por jovens moradores do bairro Jardim Romano no extremo Leste de São Paulo para homenagear um sujeito conhecido por "Magrão" que se destacava nos bailes dançando de modo singular misturando o Forró com o Hip-Hop.

ruas ainda são de terra e quando chove ainda alaga. Aliás, veio sim, o Flip Couto, bailarino de danças urbanas, fundador da Cia Sansacroma, que integrou por anos um dos grupos mais relevantes do *Break*: o "Discípulos do Ritmo". Muitos dos membros do seu velho grupo não aprovaram a participação do saudoso Banks no evento do "Passinho do Romano", mas Flip fez questão de vir assistir à nova dança e me relatou a felicidade de estar ali, no berço de um novo gênero. Disse que a sensação era como se estivesse no Bronx, vendo o surgimento do Movimento Hip-Hop, que por sinal, nasceu dessa mesma maneira, com origem semelhante. Por fim, lamentou que os manos ainda estavam com o pensamento muito limitado.

Para realização do segundo projeto, "Denegrir as palavras para clarear as ideias", mobilizo sala por sala, começando pelos 4^os^ anos e em seguida com os 5^os^ anos . Levo todos ao teatro, ligo o projetor e mostro vídeos com cenas do slam escolar da França e das Ilhas Maurício, e também cenas do *Slam da Guilhermina*. Proponho um exercício de escrita criativa, sugerindo que coloquem no papel a sua vida, sob o seu ponto de vista, e as crianças escrevem. Na semana seguinte levo-as novamente ao teatro para que apresentem o seu texto, e escolho como jurados os funcionários da área administrativa e da limpeza do CEU. Após ter realizado uma oficina de escrita criativa e um slam em cada sala de aula, sendo quatro salas por séries, junto todas em um único dia para um *Slam Intersalas*. Convido a equipe do *Slam da Guilhermina* para organizar o evento comigo, e para envolver ainda mais os estudantes, chamamos a MC Sophia, que na época tinha 11 anos, para um *pocket show* na abertura. Por incentivo nosso, criaram cartazes de apoio aos colegas poetas, gritaram e choraram de emoção. Na premiação, medalhas e livros. Muitos dos estudantes que participaram do Passinho também participaram do Slam. De fato, no Romano é outros 500. Certo dia, após finalizar mais uma edição do *Slam da Guilhermina*, sento à mesa da lanchonete "Rainha da Guilhermina" completamente exausto. Peço uma cerveja e dois copos. Uilian Chapéu pede um suco de açaí com leite, Rodrigo Motta um pão com queijo branco e orégano. E então nos perguntamos: aí, nós já fizemos slams no CEU Três Pontes e no Colégio La Salle, e se criássemos um Slam Interescolar?

*Emerson Alcalde*

# CAPÍTULO 1
# 2015

Rodrigo Motta

# SENTIMENTO DO MUNDO

No ano de 2015, o Coletivo *Slam da Guilhermina* vivenciou o auge do seu pioneirismo ao ser o primeiro slam de rua do Brasil, se pá, do mundo. Não por acaso, o Coletivo se destacou por realizar edições mensais de slam com compromisso e seriedade, enfrentando a chuva, a polícia e a turma da direita. Sempre com valorização da comunidade e dos poetas locais, foi assim que o nosso Coletivo deu um novo sentido à praça da Guilhermina-Esperança, anexa ao metrô, que antes era vazia e inexpressiva aos olhos da sociedade, mas que depois se tornou um grande ponto de encontro todas as últimas sextas-feiras do mês, mudando assim a rotina dos moradores e do comércio da região ao inserir um bairro periférico no mapa cultural da cidade e o nosso sentimento no mundo.

Esses resultados por si sós já poderiam nos colocar em uma zona de conforto, mas não foi o que aconteceu. A possibilidade de dialogar com a educação, tal como assistimos na França, nos provocou e então decidimos ampliar nossas ações: mantivemos os slams nas ruas, mas levamos também para as escolas. O Coletivo da Guilhermina, que foi contemplado pelo edital público estadual PROAC Saraus Culturais e propôs como contrapartida a realização de um torneio de slams entre escolas, e assim nasceu o *Slam Interescolar de São Paulo*.

Para organizar a primeira edição, nosso Coletivo se deslocou até as escolas no entorno da Guilhermina, onde realizou uma série de oficinas de escrita criativa e de poesias faladas, além de apresentações de slams. Em seguida, cada unidade escolar se organizou para fazer a sua final de slam, indicando assim o seu vencedor-representante para o campeonato Interescolar. Como atuávamos majoritariamente na região da Zona Leste, apenas escolas dessa região participaram, são elas: a EMEF CEU Três Pontes, de São Miguel Paulista, a EMEF Carlos Manoel da Costa, de São Mateus, o Colégio La Salle e a EE Professor Gabriel Ortiz, sendo esses últimos localizados na Vila Guilhermina e na Vila Esperança, respectivamente.

Foi em uma tarde de terça-feira do dia 17 de novembro de 2015, no Teatro Flávio Império, no bairro do Cangaíba, que inauguramos o *Slam Interescolar de São Paulo*. Do CEU Três Pontes vieram apenas a poeta e seu acompanhante, da EE Professor Gabriel Ortiz os dois poetas e alguns amigos, já da EMEF Carlos Manoel da Costa veio um ônibus lotado de alunos, e do Colégio La Salle uma dezena veio de metrô. Se não fossem essas duas últimas escolas, praticamente não teríamos público. O encontro não deixou de ser intimista, apesar de que, outras pessoas, além dos competidores, precisavam ver esse acontecimento, e alguns "gatos pingados" vieram assistir ao slam. Ainda não tínhamos criado o conceito de poeta-formador, mas vale registrar aqui que alguns poetas da cena foram convidados pelo nosso Coletivo para estimular a participação dos jovens alunos e nos auxiliar na produção do primeiro *Slam Interescolar* na capital paulista: Mariana Felix, Kawan Oliveira, Denis Oliveira, Cleyton Mendes, Legant e o *beatboxer* Mautari Ogaiht.

Existem pessoas que aparecem em nossas vidas e que são como anjos enviados para nos ajudar. Essa pessoa chama-se Paulo Rafael. Ele é morador da Zona Leste, escritor, já participou da fundação de muitas organizações sociais do país, e entre tantas ações solidárias que acumulou ao longo de sua vida, também construiu a ponte com a EMEF Claudio Manoel da Costa. E de lá para cá, presenciou todas as edições do Interescolar como público e como jurado. Axé, meu mano!

Os/as poetas finalistas dessa primeira edição do *Slam Interescolar de São Paulo* foram: Byanca Araújo, Lavínia de Lima, Nubia Natielle, Gabriel Rocha, Luara Maysa, Beatriz Santana, Guilherme Gregório e Renata Ravok.

Gabriel, da EMEF Cláudio Manoel da Costa, foi muito incentivado pelo seu professor Ricardo Nakanishi, e marcou a participação da sua escola no *Slam Interescolar* apresentando um poema desenvolvido em aula. Tal EMEF continuaria envolvendo toda a comunidade escolar em nosso projeto nos anos seguintes. Lavínia, do CEU Três Pontes, foi a única representante do Ensino Fundamental I da sua escola a participar do *Slam Interescolar*. Quando Emerson Alcalde deixou de ser coordenador de cultura do CEU, o projeto não teve continuidade. Esperamos que um dia o CEU Três Pontes possa voltar a participar do campeonato na categoria do Ensino Fundamental I. Renata Ravok, da EE Professor Gabriel Ortiz, também contou com o estímulo da sua professora da sala de leitura, Crélis Machado. Renata ficou em segundo lugar, então tomou gosto pela poesia oral e competiu nas três edições seguintes do Interescolar, se superando como poeta e como pessoa, e hoje ela integra a equipe do *Slam da Guilhermina*. Por fim, Luara, do Colégio La Salle, era a aluna mais preparada daquele ano, dona de um carisma único, bastava entrar no palco para ser aplaudida por todos. Muito segura e simpática, conquistou a plateia e venceu a primeira edição.

A apresentação do evento ficou por conta de Cristina Assunção e Emerson Alcalde, o matemático foi o Uilian-Chapéu e os registros fotográficos foram feitos pelo Rodrigo Motta, todos integrantes do *Slam da Guilhermina*. Cada poeta participante recebeu certificado, medalha e livros, e o primeiro colocado um troféu e um *tablet*.

Nesse capítulo inicial, só foi possível o resgate de dois poemas, o da vencedora Luara Maysa, e o do segundo lugar, Renata Ravok. Se liga...

*Coletivo Slam da Guilhermina*

## CURIOSIDADES:

- O primeiro *Slam Interescolar de São Paulo* iria acontecer na praça, como uma edição oficial do *Slam da Guilhermina*, ou seja, todo mundo junto e misturado. Mas o nosso Coletivo, ao se dar conta do tamanho do projeto escolar, optou por realizar o campeonato em outro dia e local.
- A premiação foi custeada por nós mesmos. O troféu da poeta vencedora foi feito pela professora Cristina, do Colégio La Salle, e somente o *tablet* foi comprado com o recurso do edital Proac.
- O Coletivo visitou seis escolas para realização das oficinas e apresentações.
- Quatro dessas escolas participaram do *Slam Interescolar de São Paulo* 2015.

VENCEDORA DO I SLAM INTERESCOLAR-SP

Rodrigo Motta

LUARA MAYSA
16 ANOS
COLÉGIO LA SALLE
ENSINO FUNDAMENTAL II

## Relógio

Olho pro relógio, vejo o tempo passar
Queria tanto naquele tempo voltar

Quando eu era criança,
As coisas eram bem melhor
Quando eu era criança,
Eu era bem menor

Brincar, pensar, poder sorrir
Ser criança é melhor até no modo de rir

Mas, se quer saber o mais estranho
É que quando eu era criança, eu não vivia brincando
Só pensava em poder crescer
Só pensava em como ia ser
E agora me arrependo de tudo
E agora tento construir um novo mundo.

RENATA RAVOK
15 ANOS
E.E. PROFESSOR GABRIEL ORTIZ
ENSINO MÉDIO

## AM(ARTE)

Meu bem se eu soubesse fazer pintura
lhe pintava como obra Renascentista
Dos meus pincéis sairia amada,
transcendendo qualquer medida
Como as musas eram pintadas,
te faço em prosa, lhe dou mais vida
Algo meio passado,
de fato na Grécia Antiga
já havia me encontrado

Você era uma das musas do Olimpo
que dançavam e cantavam em volta dos deuses
O próprio amor que por ti sinto,
bastava só de ouvir
A cada gole de vinho tinto
um motivo pra chorar e rir

O vinho vermelho que deixava os lábios teus
Teu corpo, e teu rosto, a essência
que eu conheço mas não vejo
Talvez a distância cause ausência
há tempos você já era meu desejo
O que te une a persistência?
O amor é sorte ou morte?
Musa de traços fortes,
os laços que não ficam pra trás
Fortes como de um alguém com toda a certeza de si,
simples de fraqueza
como a musa que canta e ri

Gravada no centro da estrela invisível,
ao cruzar a rua você está arriscando
Pra ti o que basta é sensível?
Há lembrança alguma do que ando pensando
Esse tempo é insensível e sem validade,
nosso tempo foi Mito de calendário
Onde há a seguinte passagem;
Um beijo deixaria o destino lendário
como uma tela mais além,
além do superficial toque,
algo não carnal

Uma energia que dá choque,
algo tão bonito e pessoal
Choque de amor vivido,
como as cores puras do fauvismo
Para tinta que tudo sinta,
me envolver com você é Surrealismo

# MURAL

**Crelis Da Silva Machado** Curta muito esse momento

Curtir - Responder - Mensagem - 6 a

**Karla Fernada** Linda rs

Curtir - Responder - Mensagem - 6 a

**Eunice Vilela** linda!!!

Curtir - Responder - Mensagem - 6 a

**Alvaro Sabino** Deus Abençõe Essa Linda Poetiza, Beijão.

Curtir - Responder - Mensagem - 6 a

**Lilian Yumi** Que da hora!!!! Parabéns à todos!

Curtir - Responder - Mensagem - 6 a

**Hugo J. M. S. Silva** Parabéns Ricardo, vc e essa galera estão fazendo um trabalho de uma bonitez sem igual.

Curtir - Responder - Mensagem - 6 a

**Ricardo Nakanishi** Valeu Hugo J. M. S. Silva, tamo junto!!!

Curtir - Responder - Mensagem - 6 a

**Paulo Rafael da Silva** Núbia grande poetisa e artista da vida.

Curtir - Responder - Mensagem - 6 a

**Ricardo Nakanishi** Vai Nubia!!! REPRESENTOU A ESCOLA!!!

Curtir - Responder - Mensagem - 6 a

Paulo Rafael da Silva Verdadeira aula de cidadania através da poesia. Nossos administradores inclusive os da educação deveriam colocar mais poesias na alma. Inclusive poesias de alunos

Curtir - Responder - Mensagem - 6 a

Cleyton Mendes Uma experiência única
Criançada tem muito a dizer e a ensinar...
1º Slam Interescolar...
Primeiro de muitoooos
Gratidão Slam da Guilhermina pela oportunidade de presenciar tudo isso...

Curtir - Responder - Mensagem - 6 a

Carolina Vilela 1o slam interescolar de São Paulo
Valeu pela oportunidade — em Teatro Flávio Império

Curtir - Responder - Mensagem - 6 a

Ana Palindrômica Tensão e superação. Núbia poeta!

Curtir - Responder - Mensagem - 6 a

Denis de Oliveira Pô, dahora a lembrança.
Primeiro Slam Interescolar. História linda construída por trabalhadores da cultura, cria do povo. Que tudo fez e tudo faz.
Valeu Slam da Guilhermina pelo convite.

Curtir - Responder - Mensagem - 6 a

# GALERIA:

Rodrigo Motta

Rodrigo Motta

Rodrigo Motta

Rodrigo Motta

Rodrigo Motta

# LOCALIZAÇÃO DAS ESCOLAS PARTICIPANTES DE 2015

■ Rodrigo Motta

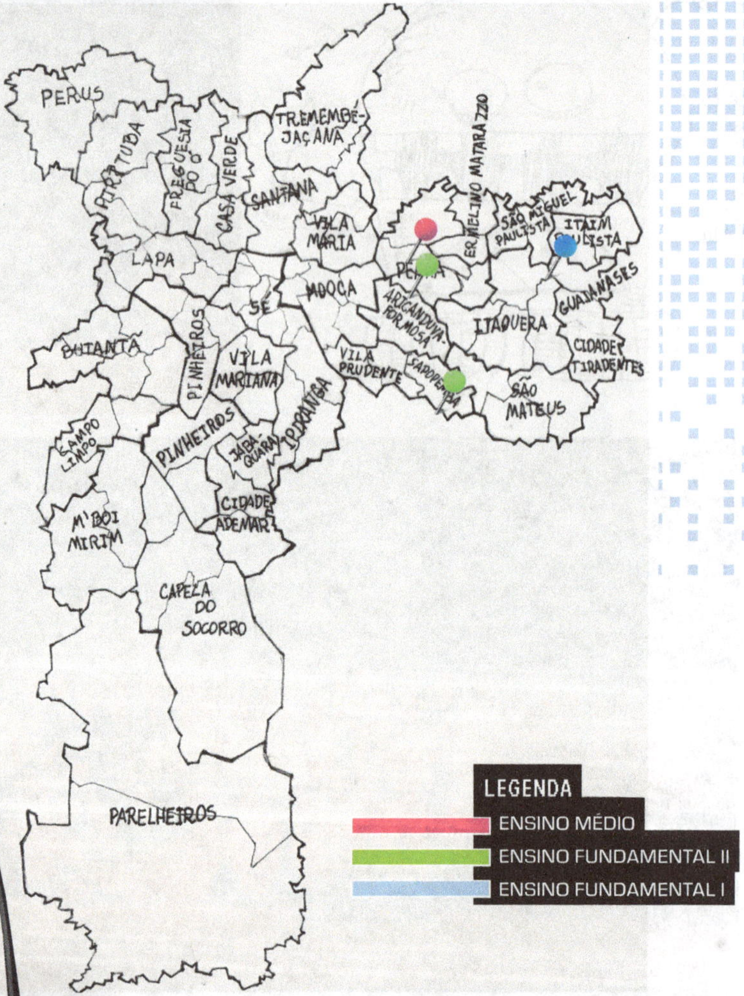

# RAIO X

## PARTICIPAÇÃO ENTRE MENINOS E MENINAS

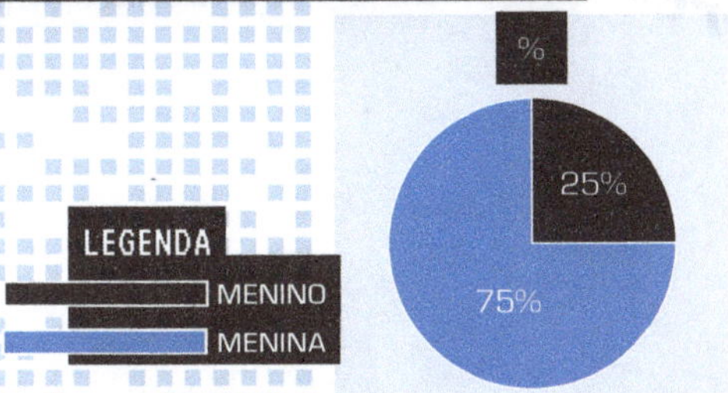


## ESCOLAS PÚBLICAS E PARTICULARES

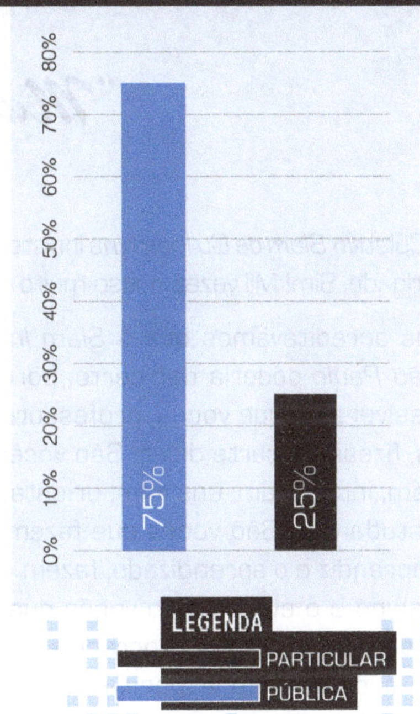


## ESCOLAS DO ENSINO FUNDAMENTAL E MÉDIO

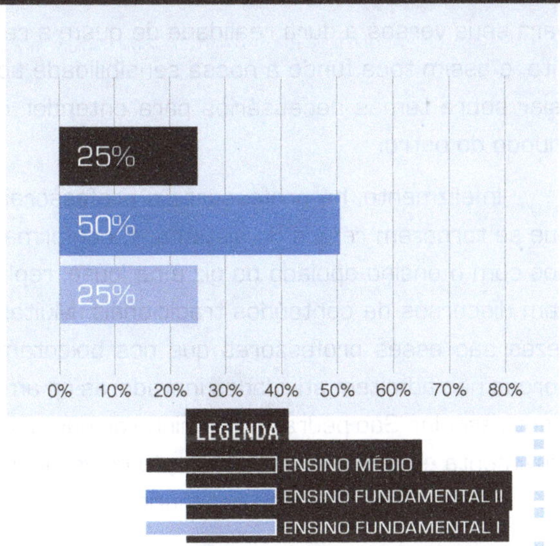

# HOMENAGEM às professoras e aos professores

## "Muito Obrigado!"

O Coletivo *Slam da Guilhermina* insiste em dizer muito obrigado. Sim! Mil vezes nosso muito obrigado!

Nós acreditávamos que o *Slam Interescolar* de *São Paulo* poderia dar certo, porém nada seria possível sem que vocês, professores e professoras, fizessem parte disso. São vocês que intermediam, incentivam, ensinam, orientam esses jovens estudantes. São vocês que fazem o papel entre o aprendiz e o aprendizado, fazem a ligação entre o aluno e o evento. São vocês que driblam os diários escolares, as burocracias, a falta de incentivo e despertam a poesia na vida dessa juventude. Tá certo, uma poesia nem sempre é agradável de digerir, porque muitas vezes ela traz para seus versos a dura realidade de quem a recita, e assim toca fundo a nossa sensibilidade ao falar sobre temas necessários para entender o mundo do outro.

Infelizmente, há professores e professoras que se tornaram reféns do sistema, e, conformados com o ensino apoiado no giz e na lousa, replicam discursos de conteúdos tradicionais. Muitas vezes são esses professores que nos boicotam porque não admitem atividades inovadoras no ambiente escolar. São pedras no caminho de quem se movimenta em prol de uma educação de verdade. E o slam tem esse ideal revolucionário.

Mas este texto e outros que estão por vir são para vocês, professores e professoras, que realmente lutam por uma educação libertadora e se importam com um aprendizado significativo. Vocês que estiveram ao nosso lado e ajudaram a tornar esse evento o que ele é hoje: grande. Foi trabalhando juntos que construímos tudo isso e acreditamos que valeu muito a pena, pois vimos em diversas vezes a emoção transbordar em sorrisos, lágrimas e abraços, transformando todo sentimento em poesia, assim a vida passou a fazer mais sentido.

Saibam que nunca foi tão importante a presença de vocês em nossas vidas quanto nos dias de hoje. Obrigado por estarem do nosso lado compartilhando as dificuldades que enfrentamos para fazer vingar o *Slam Interescolar SP*. É nesse momento que identificamos nossos pontos em comum, somos teimosos por natureza, e por isso não desistimos fácil. Não sabemos o que ainda nos espera, mas sabemos que até aqui valeu a pena estar com vocês.

Mais uma vez, nosso muito obrigado!

*Uilian Chapéu*
*Articulador cultural,*
*matemático do slam e*
*pantografista*

CAPÍTULO 2

# 2016

Rodrigo Motta

# NÓS, NÓS E NÓIZ MEMO

No ano de 2016, o Coletivo, um pouco mais experiente e otimista, se organizou para a segunda edição do *Slam Interescolar de São Paulo*. Dessa vez, para tornar a participação mais acessível aos interessados, foi criado um processo de inscrição pela internet, via formulário Google, e assim o evento foi mais publicizado, chegando às escolas fora da nossa região (Zona Leste de São Paulo).

A divulgação foi feita utilizando fotos e vídeos da edição anterior, estampados em um *layout* que imitava os jogos de Atari, um videogame que fez muito sucesso nos anos 80. Após o encerramento das inscrições, surpreendeu o Coletivo o número de 28 inscritos, pois, é importante contextualizar, que o slam, na época, era um evento que começava a atingir o seu auge de popularização no Brasil principalmente por meio de vídeos que circulavam no *Facebook*, em especial, na página do *Slam Resistência*. Além disso, os Coletivos culturais de saraus de periferia, assim como escritores da literatura marginal-periférica, já vinham desenvolvendo sistematicamente projetos envolvendo poesias dentro de escolas. A novidade levada pelo slam foi apenas a competição entre os estudantes, pois a poesia marginal já estava no coração deles. Mesmo assim, não esperávamos tanto êxito no número de inscritos para a edição do *Slam Interescolar* 2016.

Apesar de as regras constarem na ficha de inscrição, foi marcado um encontro com os responsáveis de cada escola a fim de se discutir as minúcias do evento. Também foi oferecido um *workshop* para os professores, prática mantida em todas as edições dos Interescolares. E até que se chegasse o grande dia (05 de outubro de 2016), muitos informes foram repassados e muitas dúvidas surgiram, então, a forma encontrada para facilitar a nossa comunicação com as escolas e os professores responsáveis foi o famoso grupo de *WhatsApp*. Assim, todos tiveram acesso aos informes do projeto e puderam acompanhar a organização do evento mais de perto, e caso alguém levantasse alguma dúvida, rapidamente ela era respondida por outro alguém do grupo. Um grupo sem "bom dia", e "*gifs* amorosos" ou "satíricos".

Com tantos inscritos ficou evidente que apenas nós quatro[1], integrantes do Coletivo, não daríamos conta de organizarmos o evento sozinhos. Decidimos então buscar uma parceria com o Instituto Singularidades, que enviou sete alunas do curso de Letras para nos auxiliar na segunda edição do *Slam Interescolar*. As estudantes ficaram encarregadas de cuidar de toda a dinâmica de logística, assim controlaram a entrada, fizeram o registro numérico de público presente, auxiliaram nas acomodações, enfim, atuaram dando todo suporte necessário para a condução do Interescolar do início ao fim. O evento aconteceu na sala Adoniran Barbosa, no Centro Cultural São Paulo, bem próximo à estação do metrô da Vergueiro. O fácil acesso possibilitou que professores pudessem levar seus alunos de transporte público, já que muitos não possuem verba para fretamento de ônibus. Porém, um incidente ocorreu em uma das estações e isso

1 Emerson Alcalde, Cristina Assunção, Uilian Chapéu e Rodrigo Motta.

acabou atrasando a chegada de alguns alunos participantes. O slam começou no horário e escolas foram chegando durante a competição. Com emoção é mais legal!

Estudantes de diversas escolas foram chegando e isso foi nos desesperando, no bom sentido. Traziam cartazes, faixas com os nomes das escolas, cantavam, gritavam, esperneavam. Eram quase 700 estudantes ao todo. Havíamos feito um convite aberto para slammers que quisessem somar com o projeto do *Slam Interescolar* e ajudar na dinâmica, e ainda bem que muitos vieram, pois se não fossem eles, não teríamos dado conta do evento. Em um determinado momento, um pouco antes do início do torneio, os estudantes voluntariamente gritaram repetidas vezes: "*Fora Temer!*" Fato que não agradou muito os gestores do espaço.

Observando as pessoas ali presentes tão envolvidas, felizes, empolgadas, percebemos que acabamos de arrumar um problema: não poderíamos jamais parar o evento, mesmo tendo sido custeado com recursos próprios e doações de parceiros do nosso Coletivo, como era o caso. A sala de vidro Adoniran Barbosa estava dominada e o protesto político ecoava da plateia. O lema agora era: "nós, nós e nóiz memo.

Participaram escolas do fundamental e do ensino médio, todo mundo junto e misturado, mas foi um garotinho de 12 anos, chamado Isaac Quaresma, representando a EMEF Wanny Salgado Rocha, do Jardim São Carlos, que se destacou e brilhou entre os demais. Ele não se intimidou frente aos grandões do ensino médio, e da primeira à última apresentação de suas poesias, Isaac se manteve firme, falou alto, apresentou um texto provocativo carregado de *punchlines*[2] que levantaram o teatro e as crianças que nem sequer o conheciam, mas que passaram a torcer por ele.

O pequeno Isaac finalizou a sua primeira performance com a frase:

*"Posso ser seu patrão no futuro, então pense nisso!"*

A plateia enlouquecida gritava: *"pow, pow, pow"!*

Na segunda poesia, a energia era outra: em seus versos, Isaac narrou a história do seu amigo que entrou para o crime e morreu. Ele próprio se emocionou e emocionou a todos nós, espectadores. Por *último*, versou um poema sobre o machismo. Era um poema que escreveu para uma peça de teatro da sua escola para a qual os alunos entrevistaram mulheres da comunidade e foram ouvindo e anotando os relatos delas sobre violência doméstica e assédio. Desse trabalho escolar resultou o poema, e então Isaac se consagrou campeão do *Slam Interescolar de São Paulo* 2016, tornando-se uma referência para muitos estudantes.

Nessa edição do Interescolar, houve algumas mudanças. A principal foi na premiação: ao invés de oferecer somente um troféu aos três primeiros colocados, os vencedores ganharam dois troféus, um para ficar com eles e o outro para ficar com as suas respectivas escolas. Todos os participantes receberam livros, medalhas, adesivos e certificado de participação. Alguns livros foram doações de poetas, outros foram doados pela grife carioca "Poeme-se", mas a maioria foi doação do acervo do

2 Uma punchline, ou linhas de soco, é uma sequência de rimas feitas para impressionar o ouvinte. Geralmente é uma analogia, metáfora ou referência bem elaborada.

próprio Coletivo *Slam da Guilhermina*. Para animar ainda mais a festa o jovem DJ Kauê Gama discotecou nos intervalos das apresentações. Nossos registros audiovisuais foram feitos pelo Luis Mora, o Grillo.

*Coletivo Slam da Guilhermina*

# CURIOSIDADES:

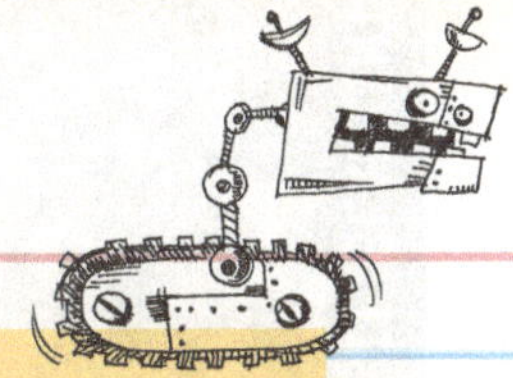

- Realizar um evento com a proporção do *Slam Interescolar de São Paulo* já é, por si só, desgastante, imagine então se você estiver grávida? Essa foi a realidade da professora Cristina Assunção, do Colégio La Salle, que não deixou de levar a sua escola para o nosso evento e ainda marcou presença lá, esbanjando sua linda barriga de gestante de 8 meses.
- Para que o evento fosse mais dinâmico, a ordem de apresentação das escolas e de seus respectivos poetas foi sorteada antecipadamente, o que poderia ter sido uma boa ideia se o sorteio não tivesse ocorrido no *Slam da Guilhermina*. No fim das contas, o sorteio foi demorado e tedioso, além de totalmente fora do contexto.
- A revista *Carta Capital* e a *Imprensa Jovem* cobriu o evento.
- 20 escolas participaram do *Slam Interescolar de São Paulo* 2016.

VENCEDOR DO II SLAM INTERESCOLAR-SP

Rodrigo Motta

**ISAAC QUARESMA GONÇALVES DA SILVA**

12 ANOS

EMEF PROFESSORA WANNY SALGADO ROCHA

ENSINO FUNDAMENTAL II

## O neguinho

Na minha quebrada acaba de chegar um neguinho

Adivinha só, ele é meu vizinho

Mas parece que é meio depressivo

Ele só fica no canto dele e não fala comigo

Fui na escola e ele estava lá

Foi naquele momento que percebi que grandes amigos iríamos virar

Dois anos se passaram e a comunidade mudou

E veio a notícia que o neguinho no tráfico entrou

E aí minha mãe veio a falar é melhor você se afastar

Daí chegaram no meu ouvido drogas começou a usar aquele seu amigo

Um dia de noite me chamou para me cumprimentar

Aproveitei o momento conselho comecei a dar

E logo em seguida ele veio a recusar

E me chamou a roubar

E eu vim a falar "sai dessa vida, vai para lá"

Minutos se passaram ele foi roubar com uma moto roubada

E adivinha o que aconteceu?

Ele caiu, bateu a cabeça na lombada e morreu

E no seu velório eu estava lá a chorar

E toda a sua família a se lamentar

Dedico este poema para Cláudio Elias Dantas

MIRELLA OLIVEIRA DE SOUZA
11 ANOS
EMEF PROFESSOR RIVADÁVIA MARQUES JÚNIOR
ENSINO FUNDAMENTAL II

## Mulheres

Nós mulheres lutamos
por igualdade

Em um mundo
sem maldade,

Somos julgadas

Por nossas aparências,

Muitos homens

Se sentem no direito

De nos tratar
com violência

Infelizmente vivemos na
época que perdemos

Nossa liberdade,

Temos medo de andar
na rua

Por causa de gente
covarde

Independente de roupa,
cor e raça

Merecemos respeito,

Mas existem pessoas

Que nos julgam e se
sentem no direito

Somos mulheres
guerreiras,

Mulheres brasileiras

Então deixe de besteira

E não seja um
macho burro

Somos as meninas
do futuro

E só precisamos viver
em paz

E não ter mais

Esse tal de machismo

Que dói no peito

Por favor, quero
mais respeito.

## ANA BEATRIZ SOUZA PASSOS

17 ANOS
E.E. OSWALDO CATALANO
ENSINO MÉDIO

"A cada 11 minutos uma mulher é abusada
no Brasil

Vai e vem, você não entende, né?

a dor que é, uma cultura toda te dizendo
como você tem que ser.

Dos 15 aos 16 anos tive depressão

e a culpa é sua, é dele e dela e até quem
sabe minha,

fizeram de mim vadia diante de uma nação.

Mas hoje tenho 17 e descobri minha missão.

Tá vendo aquela mulher ali, irmão?

É "feminazi", não mexe com ela não,
tudo vagabunda.

Quem te deu esse direito de se dirigir a
nós assim?

Você não tá numa feira,

não é só apalpar e ver se tá pronta
pra "chupar"

Tem que ter respeito, tem que ter respeito

Porque meu corpo é meu e sendo meu
você não tem direito

Mas ainda assim você não entende o "não"

da garotinha naquela festa

Ela tava bêbada, né? Então não presta.

Tira a roupa, mulher, vira de costas,

meu prazer aqui é o que importa, xiuuu

já tranquei a porta, não adianta gritar

Porque diante dessa sociedade machista,

quem vai te escutar?"

NADYA GARCIA NOGUEIRA
14 ANOS
EMEF PROFESSOR FERNANDO DE AZEVEDO
ENSINO FUNDAMENTAL II

## Um dia desses me peguei pensando

Hospital público,
Escola pública,
TRANSPORTE PÚBLICO.
Quer dizer,
Transporte público não
Hospital público?
Hospital público também não
Escola pública?
Escola pública também não
Tudo é pago,

Pago com impostos
Pago com multas...
Então se tudo é pago
Por que a maioria dessas coisas
não "funciona" direito?
Hospital por exemplo,
3 horas na triagem,
4 horas esperando
Nenhum médico para atender.

Escola,

Sem merenda,

Sem professor,

Só os privilegiados conseguem
uma escola

com todas as funções necessárias

Transporte, Vishiiii

O transporte para mim é o pior.

A gente não pode reclamar em
relação à funcionalidade

Mas pense comigo,

Já pagamos tanto

para ter o nosso digníssimo
transporte "Público"

E ao passar na catraca

"TRÊS E OITENTA POR FAVOR"

Então, pensando melhor

Nada é público...

E se nada é público,

pelo menos deveriam nos dar a
CERTEZA ABSOLUTA

De que nossas
necessidades serão...

Bem atendidas.

# MURAL

**Vitorino Manuel** que maravilha vc tá gravida.... parabéns por essa enorme coragem de querer gerar uma vida linda novamente

Curtir - Responder - Mensagem - 5 a

**Cristina Adelina de Assunção** Saudades de você amigo, pois é, 13 anos depois vou começar tudo de novo

Curtir - Responder - Mensagem - 5 a

**Crelis Da Silva Machado** Torcida organizada para as Senhoritas Ravok e Gabi!

Curtir - Responder - Mensagem - 5 a

**Marcelo Ganzela Martins de Castro** Participando, como jurado, do Slam Interescolar! Foi... 10

Curtir - Responder - Mensagem - 5 a

**Lidi Viana** Encantada é pouco pra descrever!!
Pena q não pude estar presente... ver q os jovens têm o que dizer qdo lhes é dada a palavra é maravilhoso!

Curtir - Responder - Mensagem - 5 a

**Ricardo Nakanishi** Parabéns Slam da Guilhermina o evento foi impecável em todos os sentidos, vcs são os responsáveis por esses estudantes de todas as idades se apropriarem da poesia.
Aguardamos o 3° Slam...

Curtir - Responder - Mensagem - 5 a

**Rafael Da Silva Carnevalli** Fotos do 2° Slam Interescolar de São Paulo de 40 poetas trouxemos o troféu de 3° lugar pra nossa escola *-*
parabéns a todos envolvidos!
Lindo de viver

Curtir - Responder - Mensagem - 5 a

**Ivana Moreira Donini** Show!!! Parabéns pelo evento

Curtir - Responder - Mensagem - 5 a

**Andresa Fernandes** Isso é revolução!!! Parabéns Slam da Guilhermina

Curtir - Responder - Mensagem - 5 a

**Renata Ravok** Obrigada a todos os envolvidos

Curtir - Responder - Mensagem - 5 a

**Padu Duarte** Os mano, pow! As mina, pá! Segura que é Slam!!!

Curtir - Responder - Mensagem - 5 a

**Marcia M. Pereira** II Slam Interescolar! Organizado pelo Slam da Guilhermina, que uniu mais de 20 escolas públicas de SP para falar de poesia!

Curtir - Responder - Mensagem - 5 a

**Telma Dos Santos** Que lindeza é a frase que mais venho repetindo ultimamente e hoje não foi diferente, agradeço por ter tido a oportunidade de ter vivenciado isso de perto.

Curtir - Responder - Mensagem - 5 a

# GALERIA:

Rodrigo Motta

Rodrigo Motta

Rodrigo Motta

Rodrigo Motta

Rodrigo Motta

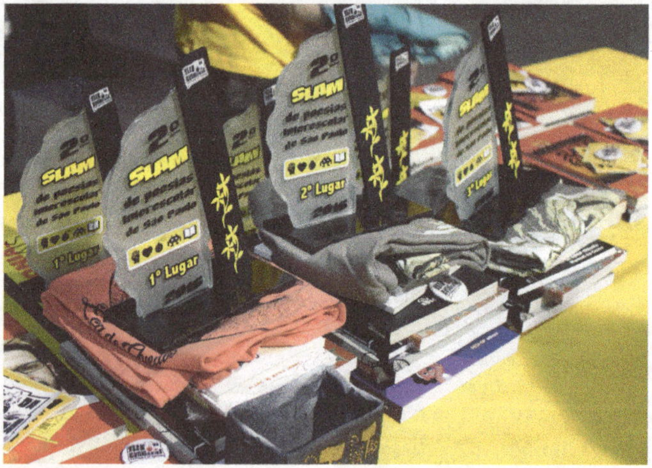


Rodrigo Motta

Rodrigo Motta

Rodrigo Motta

Rodrigo Motta

Rodrigo Motta

# LOCALIZAÇÃO DAS ESCOLAS PARTICIPANTES DE 2016

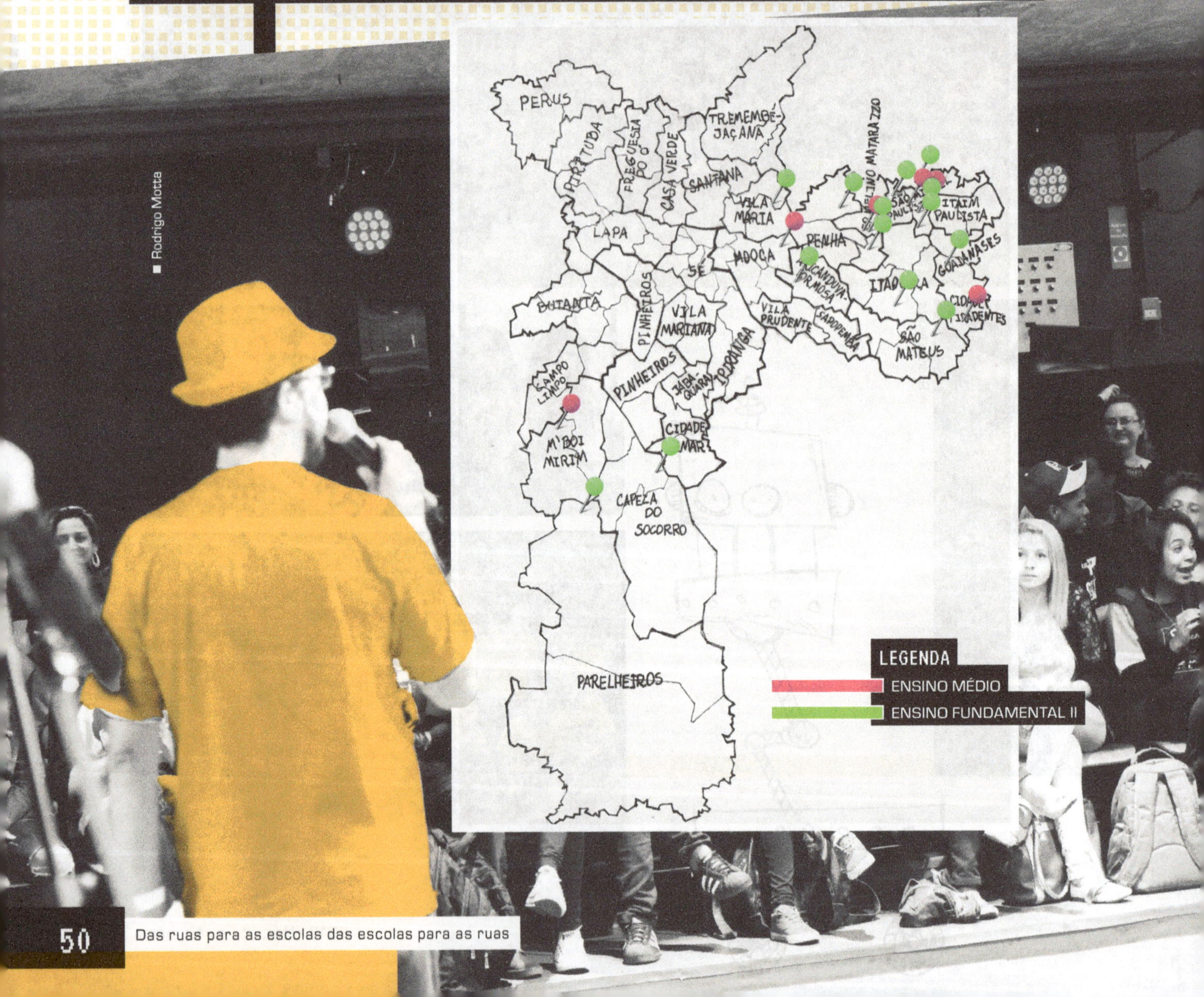


Rodrigo Motta

# RAIO X

## PARTICIPAÇÃO ENTRE MENINOS E MENINAS

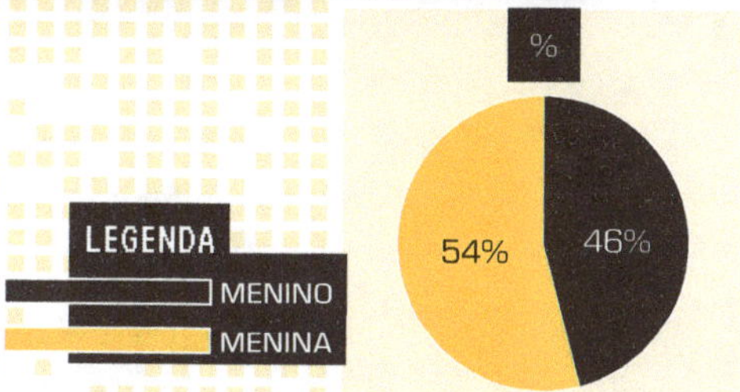


## ESCOLAS PÚBLICAS E PARTICULARES

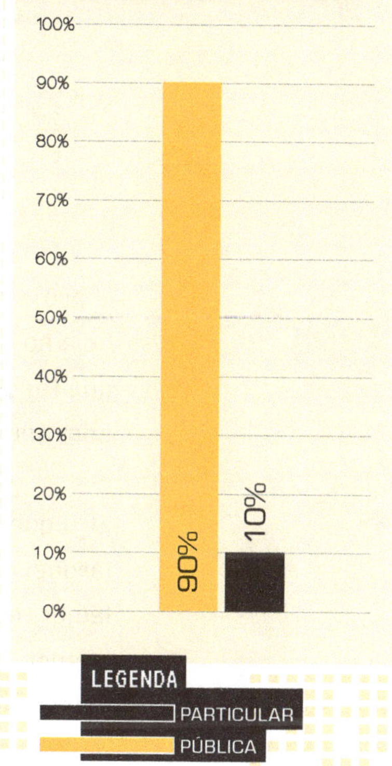


## ESCOLAS DE ENSINO FUNDAMENTAL II E MÉDIO

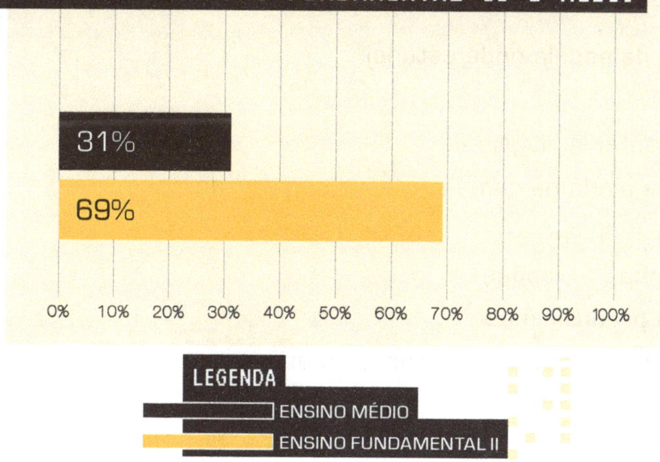

# HOMENAGEM às professoras e aos professores

## "Prô"

Ô prô
hoje ao acordar vi as fotos da campanha
que fez pra mim
com seus alunos da escola onde estudei

juro que tentei conter as lágrimas
larguei o celular e ainda na cama ao virar-me pro lado
lembrei-me de suas aulas
quando lia as minhas redações
incentivava-me a produzir mais
exaltava o conteúdo, apesar dos erros gramaticais

quando cheguei na França, prô
o apresentador tirou sarro da minha cara
porque eu não sei falar francês e nem inglês
eles não fazem ideia de onde viemos
que na nossa escola não tem biblioteca
falta material e as vezes nem abre por medo
aí Pilote, conversa com o meu dedo

Ô prô
nunca imaginei que sairia do país e nem que faria faculdade
a senhora me ajudou a passar no vestibular
e vibrou comigo quando consegui a bolsa integral
entendo que a minha obrigação é retribuir
trazendo autoestima através da literatura marginal

assim como Jacques Prévert
também quero escrever pras massas
aliás foi a Massa que me trouxe aqui
que essas crianças que estão aí
segurando cartazes com o meu nome
sentadas na mesma carteira onde sentei
possam ter exemplos de que, contudo
pobres também podem vencer através dos estudos

ainda não estou acreditando que passei da semifinal
meu objetivo era só não perder na fase inicial
a ansiedade não me permitiu ficar no quarto
saí pra tomar um ar e descontrair.
eu queria sentar na cafeteria daqui da frente para escrever
ou ler uns poemas de Charles Baudelaire
mas com o preço do café eu almoço no Brasil

Ô pro
estou em frente ao Teatro Comédie Française
tá passando uma peça do Victor Hugo
a senhora falava com tanta empolgação dos artistas do romantismo
de como eles declamavam apaixonadamente
que sonhei em ser poeta

Ô prô
guardei o dinheiro que tinha e comprei dois perfumes
um pra minha mãe e outro pra senhora
e agora toda vez que se perfumar com eau de toilette
vai se lembrar que seu esforço e dedicação no ensino
não foram em vão
te elevaram para outro nível
e que lecionar é como esculpir diamante
o processo é duro, mas o resultado é sensível

Ô prô
amanhã é a final
já dei o recado, falei da Z/L se pá, tá a pampa
dos 20 países só sobraram seis:
Canadá, Quebec, Escócia, Inglaterra, Israel
e o Brasil é o único que não faz parte dos países desenvolvidos
as pessoas falam dois, três e até quatro idiomas
citam Beethoven e outras fitas das quais nunca tive acesso
tem horas que desanimo, as diferenças são imensas

Ô prô
eu vou indo apesar de ainda ter sol
já são quase dez da noite
posso perder o metrô
dizem que Paris é a cidade do amor
então vou encarnar o espírito romântico
e declamar com o peito aberto e sangrando
como se tivesse sido rasgado há mais de 500 anos
por uma navalha
porque quem se formou em escola pública
enfrenta destemido qualquer batalha

Emerson Alcalde
para a professora Glauciane Catanho.
15/10/2017

CAPÍTULO 3

# 2017

Cristina Assunção

# NO MEIO DO CAMINHO

Após análise da edição anterior, o Coletivo já previa o aumento de escolas participantes no evento em 2017. Avaliamos a questão por duas perspectivas: por um lado, a satisfação de ver tantas escolas abraçando a ideia de slam, e por outro, a consciência de que todo esse crescimento requer mais investimento material e humano. Eis o desafio: crescer, mas sem perder a qualidade jamais!

Apesar de todo nosso planejamento, sempre aparece uma pedra no meio do caminho, e o grupo sofreu um desfalque de um integrante: o nosso colega Rodrigo Motta deixou o nosso Coletivo para se dedicar aos seus trabalhos pessoais. A partir de 2017, o *Slam da Guilhermina* passou a ser composto por três integrantes apenas: Cristina Assunção, Emerson Alcalde e Uilian Chapéu.

Dentro desse novo contexto, novas mudanças foram necessárias e alguns ajustes foram feitos em nosso projeto de *Slams Interescolares*. A terceira edição agora seria apenas um aluno representante por escola e um suplente, que poderia substituí-lo caso houvesse algum imprevisto, diferente das edições anteriores que eram dois alunos poetas por escola e não havia suplente.

No *workshop* realizado com os professores em 2017, além de tirar dúvidas e justificar as novas mudanças envolvendo o *Slam Interescolar*, também foi realizado o sorteio da ordem de apresentação dos poetas. Dessa vez, o sorteio aconteceu de forma muito bem organizada um acerto em relação ao ano passado. Para aqueles que não conseguiram comparecer ao workshop, as informações foram repassadas via grupo de WhatsApp, que se tornou então permanente.

Como previsto, na terceira edição do Interescolar quase dobraram as inscrições: alcançamos o número de 38 escolas participantes. Até o dia do evento, cinco escolas desistiram, permanecendo 33. Ainda assim, um número muito alto para uma equipe tão pequena.

O Interescolar de 2017 foi realizado na Galeria Olido, região central da cidade de São Paulo, ao lado da Galeria do Rock e do marco zero do hip-hop brasileiro. Como diz o oitavo anjo Dexter: *"Se este é o lugar, já era. Eu tô aqui"*. A parceria com o Instituto Singularidades continuou e os voluntários do curso de Letras, agora em maior quantidade, foram essenciais na organização do evento. Enquanto Alcalde e Cris faziam a vez de mestres de cerimônia, Chapéu coordenava os graduandos. E para os slammers convidados restou atuar na calibragem de notas. A trilha sonora da festa foi por conta da DJ Sophia, uma jovem que, na época, tinha 15 anos. Ela tocava músicas entre as poesias dos alunos e ainda recitou uma poesia de sua autoria em um dos intervalos.

Premiar a todos os poetas participantes do *Slam Interescolar* se tornou um desafio, uma vez que apenas os livros do Coletivo já não davam mais conta. Pois é, no meio do caminho havia uma pedra. Com tantos estudantes e escolas participantes e sem financiamento, a premiação foi salva pelos poetas-parceiros, que nos doaram diversos livros de literatura marginal, CDs da sambista Leci Brandão, entre outros tantos objetos que nos serviram de prêmios. E mesmo com toda essa dificuldade, mantivemos também os certificados, as medalhas, o *kit* de livros e os troféus como premiação, tal como na edição anterior. Enfim, atravessamos a pedra no meio do caminho.

O nível da competição em 2017 foi muito alto. Os alunos e as alunas demonstraram que estavam totalmente conectados com os vídeos de slams de rua postados na internet, e evoluíram expressivamente tanto em questão de escrita, ou seja, na qualidade das letras de seus poemas, como no quesito performance.

Renata Ravok, pela terceira vez, chegou à final. Com uma poesia muito sofisticada, fugindo até mesmo das temáticas predominantes, arrancou elogios de vários slammers ali presentes. Garantiu o terceiro lugar. Júlia Araújo estava muito engajada ao afirmar, em um de seus poemas, que *"não voltaria mais para cozinha, para senzala e nem para o armário"*. Terminou como vice-campeã.

Igor Souza, diretamente de Guarulhos, estava preparado e decidido a ganhar. Na sua última apresentação, mostrou que ele era "a voz da quebrada" e a quebrada respondeu cantando junto com ele o refrão.

*"É a voz da quebrada.*

*É a voz da quebrada,*

*que o sistema não abala".*

Antes de os jurados levantarem as placas de notas, o público já conhecia o novo campeão do III Interescolar: Igor Souza e sua poesia da quebrada!

*Coletivo Slam da Guilhermina*

# CURIOSIDADES:

- Uma das poetas não conseguiu ninguém para acompanhá-la ao evento, nem seus professores, tampouco seus pais. Mas mesmo assim ela foi sozinha brilhar no Interescolar e terminou entre os primeiros colocados. Isso sim é que é esforço! E todo esforço vale a pena, se a alma não é pequena – já diria o poeta Fernando Pessoa.
- Nosso recurso era escasso, mas tudo que tínhamos em caixa, conseguido com muito suor durante o ano de 2017, foi empregado no *Interescolar de São Paulo*. Nessa edição, pudemos contar também com a generosidade de Daniel GTR e de Joel Dias, que cederam seu tempo para registros das fotos do evento e produziram os vídeos para gente. Valeu, parceiros!
- A TVT cobriu o evento. Confiram no link: https://www.youtube.com/watch?v=OJL7v9mg8WY
- 38 escolas se inscreveram, 33 participaram do *Slam Interescolar de São Paulo* 2017.

VENCEDOR DO III SLAM INTERESCOLAR-SP

Daniel Carvalho e Joel Dias Filho

**IGOR DE SOUZA TEIXEIRA**
16 ANOS
E.E. PARQUE CONTINENTAL GLEBA
ENSINO MÉDIO

Brasil, Brasil

te olho, te penso...

Brasil, Brasil, a cicatriz é profunda

Brasil, Brasil, eu nunca te entendo

Brasil! você só ama quem te afunda!

terra do samba, vamos bater pandeiro

aliás não faz mal

até porque quem se importa com o resto se temos carnaval?

ninguém se importa

as crianças morrendo as mães chorando

Doutora! corre! meu filho tá passando mal!

calma aí mãe, já vou te ajudar,

deixa só eu ver essa escola de samba passando.

Com o seu jeitinho brasileiro, paz e amor

Brasil a terra do samba até porque uma

bola vai me ensinar bem mais do que um professor

O engraçado é vivermos em um país onde o lema é Ordem e Progresso!

onde a ordem não existe e só vivemos em retrocesso...

Se tava de shortinho e foi estuprada, ela tava pedindo

Se é negro, é bandido, sem novidade

enquanto a desigualdade, a política mal direcionada

e o preconceito batem taças

com o Brasil e desejam saúde e prosperidade!

Fazer o que, não dá para confiar nesse país de podridão

onde o nosso almoço e a nossa janta é arroz feijão e papelão!

e olha que minha mãe sempre me dizia

filho, come Cenoura, faz bem para vista!

mas eu nunca entendi essa parada

até porque o preço que eu busco da paz e do amor para o Brasil

sempre vai me custar o olho da cara!

ah, o amor, pra ele nunca damos oportunidade

e ele não aparece de maneira oportuna

até quando a sociedade não vai aprender,

que o dinheiro é riqueza, mas só o amor é fortuna.

mas que nós poetas, venhamos dar papo de futuro, igual Nostradamus

que essa guerra com o Brasil, que diariamente nós travamos

que apenas a paz, o amor, e a vitória nós tragamos

e que um dia, nós venhamos deter essa falsa realidade

e que a nossa pátria, venha a ser verdadeiramente amada de verdade!

cê acreditando que uma caneta na mão rende menos que um oitão!

fazer o que, culpa desse bando de ladrão

que a comida do prato deles, era o dinheiro destinado para educação

é muita revolta nossa, raiva fica a amostra,

eles que fazem essa contra proposta

eles só roubam a gente e a gente que alimenta esse bando de bosta

desculpa mostrar a verdade

é que a Globo não mostra esse lado

mundo deteriorado

país falsificado

os menorzinho fala que é só um trago,

três anos depois já tá completamente viciado

para! vamos mudar isso, pra que essa situação se transforme

que o molequinho mesmo sendo pequeno, ele tenha uma vida enorme!

e isso aqui é tudo baseado

e é baseado que eu uso, é verdade

minha poesia, é só baseado

baseado na realidade!

a verdade na cara dói, né? Pega a fita!

queria que a realidade fosse você só ligar pro Yudi

pra ganhar o jogo da vida!

mas não é bem assim não mano, e eu sigo lutando

porque a oração mais sincera

é sempre daquele que continua pecando

e eu continuo errando, mas tento me consertar,

juntar toda as forças e fazer da favela um bom lugar!

eu não aguento mais essa desigualdade!

dói lá no fundo

qual vai ser a reação da madame de saber

que o favelado que ela não dava nada

acabou de conquistar o mundo??

nunca duvide de ninguém mano

independente das diferenças racionais

porque por fora somos todos diferentes

só que por dentro somos todos iguais!

vamos lutar sempre mais, pra quebrada trazer a paz,

e pra isso eu vou onde cê nem pensava!

É A VOZ DA QUEBRADA, É A VOZ DA QUEBRADA,

SISTEMA NÃO ABALA!

A VOZ DA QUEBRADA,

QUE ENQUANTO NÃO TIVER VOZ NA SOCIEDADE,

NUNCA SERÁ CALADA!

AYLA BATISTA DA SILVA
16 ANOS
E.E. PROFESSORA MARIA HILDA ORNELAS DE OLIVEIRA
ENSINO MÉDIO

## A ERA DO NIILISMO

Tudo lhe sufoca

Tudo lhe fadiga

O canto dos pássaros não lhe traz mais inspiração

Será essa a nova era, a era da desestimulação?

A verdade é que matamos todos os dias,

uma parte de nossas euforias.

Bombardeados por teorias, e causas sem melhorias.

É por isso que:

Os poetas buscam consolo nas palavras

Os padres buscam consolo nas palavras

Eu, você e os apaixonados, buscamos consolo nas palavras.

Mas na verdade já cansamos de todos os conceitos,

que interferem em nossos

defeitos. Palavras e metáforas?

Todas inventadas!

Tudo se tornará gasto, neste universo vasto!

Moedas perderam seus valores.

E o que não se perde nessa multidão?

É o tempo e a ingratidão!

Tudo lhe sufoca

Tudo lhe fadiga

A era do niilismo geração do idealismo.

Jovens equivocados, jovens não mais encorajados

Em seus pulsos, não existem mais impulsos.

Hoje a pequena felicidade não é vista,

pois as comparações estão mais explícitas.

Alienados procuram contentamento em frente à uma mera TV, atingido

por notícias, mas isso vamos esquecer, afinal, não era eu nem você.

O niilismo a doença do século 21.

E para quem despreza tanto a vida,

saiba que você realmente é só mais um.

EVELLIN SILVA ALMEIDA
14 ANOS
E.E. PROFESSOR VICENTE RAO
FUNDAMENTAL II

A pátria que vocês dizem tanto amar
Hoje em dia se afunda em uma injustiça
Não declarada

Com sua história apagada e sua beleza tropical
afundando em um mar de desgraças,

Levando tudo na graça,
porque quando se olha para trás
você só vê os manos pensando na "taça",

Passa e repassa, tem um mendigo na praça que pega seu corote
para se esquentar nessa cidade fria
e sem graça

Enquanto gente de ego grande
e mente pequena olha para ele como se fosse nada,
mais que manobra embasada
esses mano que só posta bosta na rede e #partiunoitada,

Gente engraçada por simplesmente participar da hipocrisia
país de casa bagunçada que não esquece o 7x1
mas esquece dos mano que morreram por nada

Pô, se toca e desperta,
Levanta a cabeça,
Segue essa levada,
Saia pra rua,
E se manifesta

Não fica só em casa achando que
a vida nesse mundo não presta

Ou tenho que te lembrar que essa
nação não é só minha?

E esses gringos que vocês tanto
pagam pau,

só querem saber de lucrar
enquanto você se dá mal então
não seja Boçal

se nós somos a maioria

e a elite a minoria, diz pra mim por
que

a gente ainda serve essa
burguesia?

Não é porque você é pobre que
você tem que ser pisado

Você tá ligado que o bagulho é
loko e o processo é lent(d)o

e eles precisam da gente para ter o
seu sustento tá ligado

já passou da hora de acordar, levantar,
lutar e, finalmente

conquistar o que todo pobre periférico
sonha em alcançar

que é o tão esperado alto patamar

Essa geração nutella,

Que tem como missão,

Mudar o futuro dessa nova era,

Que é sofrida que sempre viveu em um
pé de guerra!

Então tá na hora de pôr as "garras
para fora"

e mostrar que essa geração veio para
fazer história

e não só para marcar uma presença

esse país sem glória discórdia !

THALITA FREITAS
16 ANOS
E.E. JOSÉ TALARICO
ENSINO MÉDIO

Na falta de tinta pras paredes da escola
Nóiz rola tinta de caneta pelo papel
Texto após texto tipo linha em carretel
De pipa
Do menino que brinca na rua
Dos menino que brinca de rua
De andança, de corre
O voo de um avião, que roda
Roda na mão da PM

As notícias rodam
Mas nunca chegam onde tinham que chegar
E ninguém tá entendendo nada
Nem os textos no caderno
Nem os professor que cês chama de surtado
Nem as graças do menino preto, marginalizado
O tal do bandido bom, mas que apoia o Bolsonaro
Na moral, cês sabem o que tá rolando?

O passe livre cortado

Nada mais é que cortar as pernas dos ditos "favelados"

Pra que não tenham acesso à cultura, lazer, informação

Pra que não ocupemos a cidade que é nossa por direito

Mas o boy, o boy passeia com o cachorro toy pela paulista

Bota a mão no peito e canta o hino nacional

Diz ele que é patriota, pelo orgulho nacional, a tal da família tradicional

Mas pera, tradicional de onde?

É aquela que conta com marido, mulher, filho e amante?

Ou a do tempo de colônia, construída com o estupro da mulher negra?

A tal da miscigenação que aconteceu nas lágrimas de gente preta

Essa mesma que é marginal
Aquela mesma do batuque, samba, pagode, axé
Que já foram até crime, como tentaram fazer com o funk
E enquanto tentam proibir baile
Facilitam o trabalho escravo
Aposentadoria foi pro ralo
O ensino tá precário
Até museu eles censuraram
Mas quem abusa no busão foi liberado
E pra pobre, eles querem dar ração
Era o Aécio que tinha um helicóptero de cocaína
Mas é o moleque portando consumo que vai pra prisão?

Ao invés de ocupar a cadeia
Quero é ver os nossos ocupando
a cidade, os prédios, as avenidas, as universidades
Usar nossos espaços para falar de política, respeito e diversidade
E enquanto nos negarem saúde, emprego e educação
Nóiz leva cultura pra quebrada,
pra transformar música, arte e poesia falada
Em r e v o l u ç ã o.

LUIZ MIGUEL DA SILVA
14 ANOS
EMEF PROFESSOR AURÉLIO ARROBAS MARTINS
ENSINO FUNDAMENTAL II

Sem pele clara
Sem comoção
O maior atentado depois das torres
E não passou na televisão

A indiferença é sacada desde criança
Atentado na Somália não passa
Mas focaram no da França

Que teve 130 mortos
Erraram na proposta
Na Somália mais de 600
Coisa que a TV não nos mostra

Só nesse ano
50 atentados
Sendo 38 na capital
Devem ver com normalidade
Pois não mostraram no jornal

E ainda vem com esse papo
De que os próprios pretos são racista
Mas esquece que quando não se tem água ou comida
É fácil se tornar um maldito terrorista

Mídia fascista
Deu o golpe do século
Mas melhor eu ficar quieto
Se não vou sumir
Igual helicóptero em fazenda (sacrilégio)

Jornalista sádico
Cês são cínico
A luta é pela causa
Não pra apoiar político

Me diz, como cê pode ser do gueto
E apoiar quem se intitula mito?

Falar de racismo reverso
Vê se eu mereço?
Seja ele branco ou preto
Teu preconceito ainda o mesmo

E o tráfico por aqui já é normal
Acabar com isso como
Se financia campanha eleitoral
País da miscigenação, né?
Conta outra, Cabral

Não importa o quanto eu grite
Ou quantas vezes o pulso levante
Se a cada um que sai do crime
Cai dois no mesmo instante

Muito se fala
E pouca coisa foi feita
Teu salário roubado
E eles se fartando da mais imunda ceia

Pão, pernil e salada na mesa
E a panela que eles sujam
A mão que lava ainda é a mesma

Nóiz lava
E eles bate panela
Foca nas "mitadas"
E não sabe quem foi Mandela

Não conhece Dandara
Vê torturador como ícone
Coisas do tipo
Desperta minha síndrome

Mas relaxa
Não vou te assaltar
Calma, parça!
500 anos de escravidão
O teu dinheiro não paga.

NATÁLIA CRISTINA LINO PEREIRA
13 ANOS
CEU EMEF PARQUE SÃO CARLOS
ENSINO FUNDAMENTAL II

## Vidas comparadas

Reflete a face oculta pobre nas ruas enlouquece
Rico rouba e procede.
Mano poderoso tira o gozo do trabalhador
que pega o busão todo dia, sofre a dor.

Meu ponto de vista: persista, lute e chegue a sua conquista.
Sociedade não me fecha, ela abre e atira a flecha,
acelera o carrão e sobrevive o delinquente,
bala acerta no peito e mata muita gente.
Vida de bandido na favela pode crer que ele já era.

Pois quero dizer mais uma realidade
na comunidade existe ser humano de verdade.
Tem aquele trabalhador, que acorda todo dia
e sente a dor de perder o ente querido
que morreu na noite passada num lugar desconhecido.

Máximo truta, não é poder na política
e sim o verdadeiro ser que dá a crítica.
O problema só começou: todos lá dentro roubaram de gravata
e paletó, disso man é pior.
Advogado e juiz não bota moralidade que aqui não é aprendiz.

Sociedade não me fecha, ela abre e atira a flecha,
acelera o carrão e sobrevive o delinquente,
bala acerta no peito e mata muita gente.

# MURAL

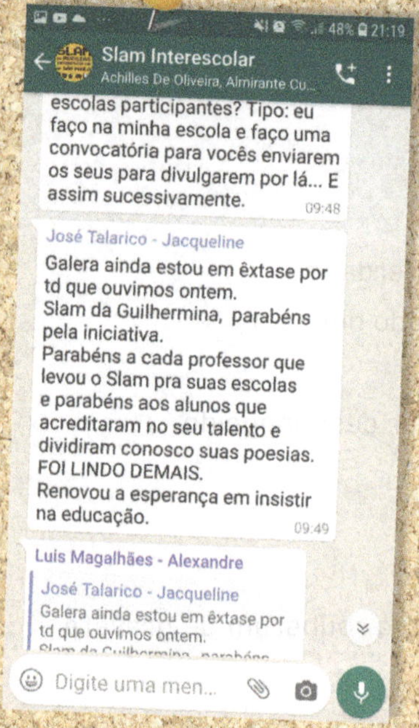
Slam Interescolar
Achilles De Oliveira, Almirante Cu...
escolas participantes? Tipo: eu faço na minha escola e faço uma convocatória para vocês enviarem os seus para divulgarem por lá... E assim sucessivamente. 09:48
José Talarico - Jacqueline
Galera ainda estou em êxtase por td que ouvimos ontem.
Slam da Guilhermina, parabéns pela iniciativa.
Parabéns a cada professor que levou o Slam pra suas escolas e parabéns aos alunos que acreditaram no seu talento e dividiram conosco suas poesias.
FOI LINDO DEMAIS.
Renovou a esperança em insistir na educação. 09:49
Luis Magalhães - Alexandre
José Talarico - Jacqueline
Galera ainda estou em êxtase por td que ouvimos ontem.
Digite uma men...

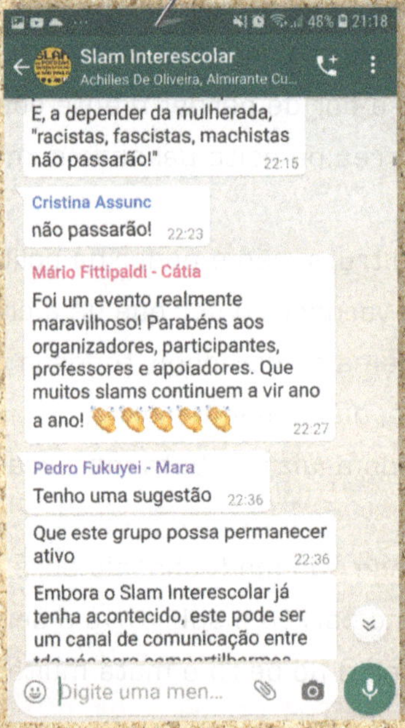
Slam Interescolar
Achilles De Oliveira, Almirante Cu...
E, a depender da mulherada, "racistas, fascistas, machistas não passarão!" 22:15
Cristina Assunc
não passarão! 22:23
Mário Fittipaldi - Cátia
Foi um evento realmente maravilhoso! Parabéns aos organizadores, participantes, professores e apoiadores. Que muitos slams continuem a vir ano a ano! 22:27
Pedro Fukuyei - Mara
Tenho uma sugestão 22:36
Que este grupo possa permanecer ativo 22:36
Embora o Slam Interescolar já tenha acontecido, este pode ser um canal de comunicação entre
Digite uma men...

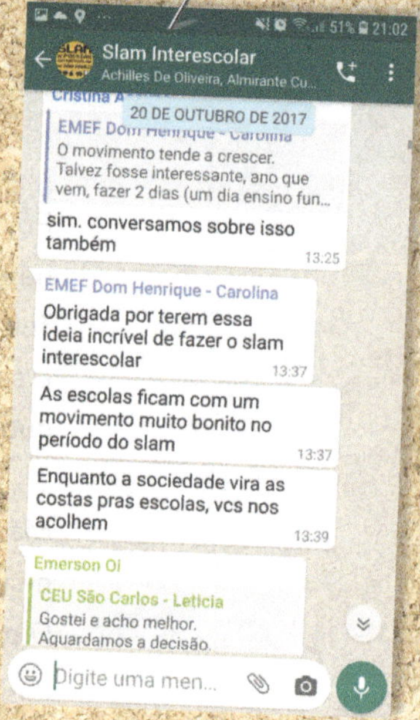
Slam Interescolar
Achilles De Oliveira, Almirante Cu...
20 DE OUTUBRO DE 2017
EMEF Dom Henrique - Carolina
O movimento tende a crescer. Talvez fosse interessante, ano que vem, fazer 2 dias (um dia ensino fun...
sim. conversamos sobre isso também 13:25
EMEF Dom Henrique - Carolina
Obrigada por terem essa ideia incrível de fazer o slam interescolar 13:37
As escolas ficam com um movimento muito bonito no período do slam 13:37
Enquanto a sociedade vira as costas pras escolas, vcs nos acolhem 13:39
Emerson Oi
CEU São Carlos - Leticia
Gostei e acho melhor.
Aguardamos a decisão.
Digite uma men...

Slam Interescolar
Achilles De Oliveira, Almirante Cu...
21:21
EMEF Gastão Moutinho - Ricardo
Parabéns à todos esse dia ficará marcado para todos q estiveram presentes. Em especial ao coletivo Slam da Guilhermina que idealizou o evento e vem lutando para mantê-lo anualmente. Para nós educadores é um exemplo do quanto é importante acreditar nos estudantes, garantir o direito deles de expressarem suas opiniões. Não é somente eles que ganham, nós também ganhamos. É maravilhoso tudo o que dizem em suas poesias. Muito agradecido pelo dia proporcionado pelo coletivo. 21:21
Cristina Assunc
CEU São Carlos - Leticia
Digite uma men...
Slam Interescolar
Achilles De Oliveira, Almirante Cu...
mais que vencedores. Meu respeito a vcs. Que essa prática se espalhe ma...
20:02
Sônia Leal - Diadema
parabéns à todos os participantes e aos organizadores 20:04
Assad Abdala - Juliana
Realmente foi sensacional!!! Que experiência!! Todxs arrasaram. Valeu a todos os organizadores. Ah, se tiver a camiseta pra vender dá um toque 20:05
Sônia Leal - Diadema
Olavo Presotti - Petrucia
Olha a carinha do ganhador
parabéns 20:07
Oswaldo Catalano - Rosana
Digite uma men...
Slam Interescolar
Achilles De Oliveira, Almirante Cu...
Deu uma atrasada porque eu...
Caso queiram conhecer um pouco mais... 22:02
Mario Fittipalde - Silvia
Demais! Que energia forte a desse encontro! Obrigada Cristina, Emerson, Uilian, a todos os que colaboraram! Rayssa, você foi demais! Sempre que precisar, conte comigo! Como professora, me senti muito afagada pelas homenagens e principalmente pelos encontros! Inesquecível! E, a depender da mulherada, "racistas, fascistas, machistas não passarão!" 22:15
Cristina Assunc
não passarão! 22:23
Mário Fittipaldi - Cátia
Digite uma men...

# GALERIA:

Daniel GTR

Daniel GTR

Daniel GTR

Daniel GTR

Daniel GTR

Daniel GTR

Daniel GTR

Daniel GTR

Daniel GTR

# LOCALIZAÇÃO DAS ESCOLAS PARTICIPANTES DE 2017

■ Daniel GTR

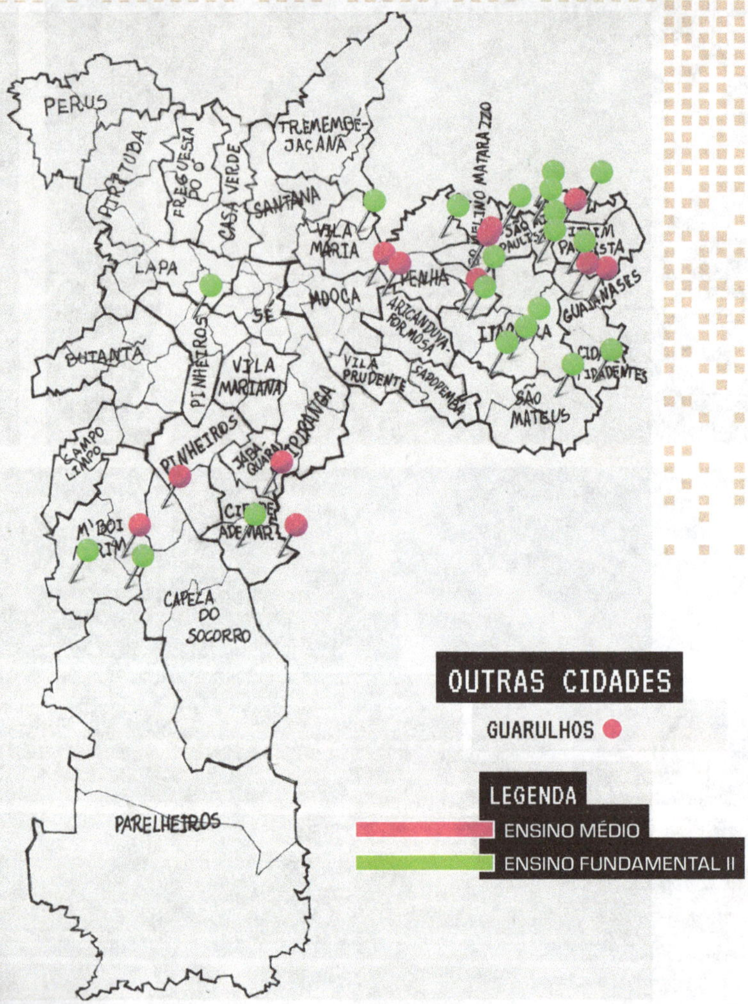

# RAIO X

## PARTICIPAÇÃO ENTRE MENINOS E MENINAS

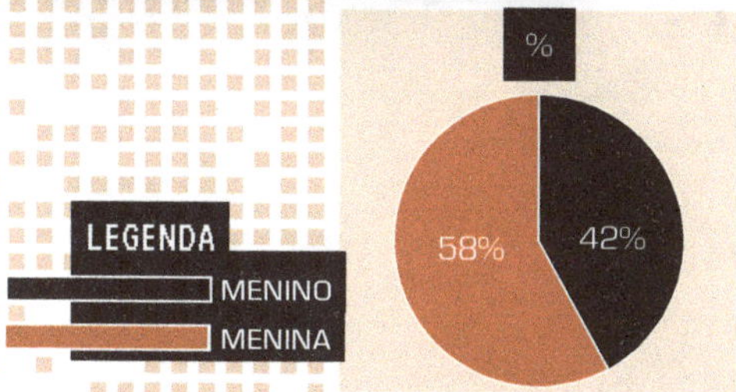


## ESCOLAS PÚBLICAS E PARTICULARES

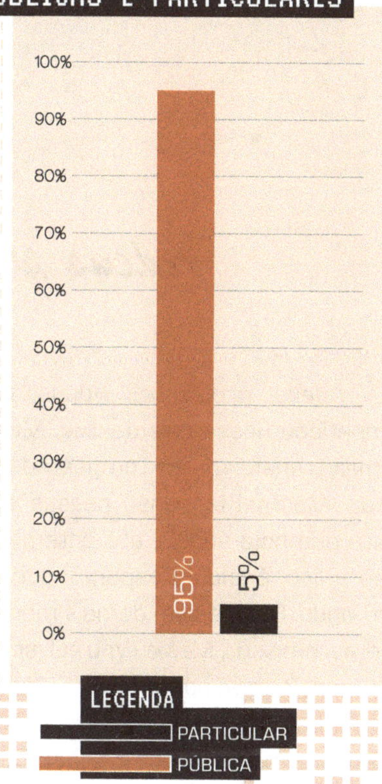


## ESCOLAS DE ENSINO FUNDAMENTAL II E MÉDIO

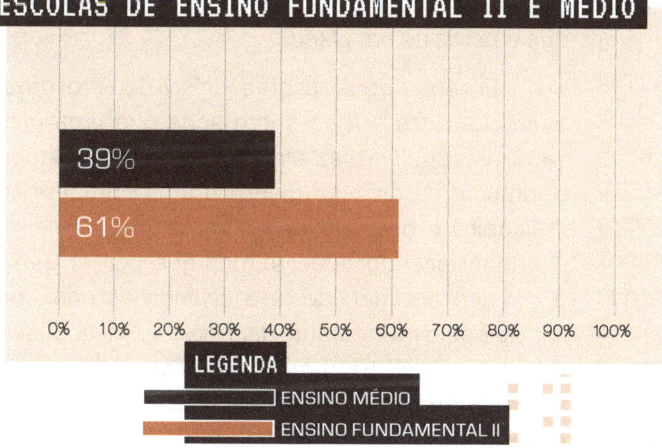

# HOMENAGEM às professoras e aos professores

## "Adeus professor, adeus professora"

Adeus, professor? Adeus, professora? A competição nesse país destoa. Meu ego me joga no mar, transforma em tempestade o que era uma garoa. Mas sei lá, penso nessas voltas de slam: poeta que hoje é ídolo, até ontem era fã; é que o chão é liso, é lindo. Despenca que tem mais uns cem vindo. Bom, é bom demais mano, traz de volta o compromisso... Mas eu vou salvar o mano como? Recitando? Salve poeta Kaya! Então pode crer que vamos. Lembra o que é preciso, lembra o que tá faltando: é o acesso da criança que a educação não tá acessando. É estrago, é estranho, e ela não acessa o mercado, é desigual, é sem tamanho. Eu tô achando que é parte de um plano. Eu tô achando que é parte de um plano.

Então, adeus professor? Adeus professora? Levanta a mão quem acha que uma prova de vestibular traz alguma coisa boa? Rouba a infância da criança frente a uma competição traiçoeira e devastadora: é mais uma barreira, a vida inteira, duradoura, mas que porra! Deixa a criança estudar, deixa a criança estudar, fazer do céu o infinito que ela, criança, vai acessar, mas por onde? Se o governo planta a fome, diz pra mim, no fim, quem é que colhe? No fim, quem é que come?

Adeus professor, adeus professora, ponham fogo nessa merda toda, quebra tudo, revira o corpo! É bancada da bala, evangélica, ruralista, é o inimigo que não tem rosto, é concentração de muitos nas mãos de poucos, é mega-empresário que não paga imposto, é o filho dele que nos estudos teve tudo e mais um pouco. A relação é nefasta, quem tem mais condição se prepara melhor, quem é o melhor estuda na de graça, é a melhor, são poucas vagas, é tudo ou nada, é geográfico, onde eles distribuem livro, onde eles distribuem arma, saca? Eles sacam!

Então, adeus, professor? Adeus, professora? É a cabeça bem feita, entupida de tudo, super especializada, é todo conhecimento que te passam de forma fragmentada, é uma merda de prova que você estuda, estuda, estuda pra nada, porque você estuda um ano e em um dia joga tudo na privada. É que passa pela intenção, mas se ela não for boa, irmão, não vale de nada. É um sonho, sem nota, é a criança se sentindo representada, representando. Tendo acesso a tudo que eu, homem branco, privilegiado, fui acessando. Adeus, professor, o esforço é sem tamanho. Adeus, professora, a gente segue sonhando, segue gritando poesia, porque a gente transforma se transformando. Não é à toa, e na boa, quem é do mar não enjoa, chuva fininha é garoa. Adeus, professor. Adeus, professora.

Gratidão aos mestres e às mestras.

Fernaun é poeta, músico e professor de Geografia. Escreveu essa poesia em 2018, como forma de provocar uma reflexão sobre a importância dos professores, sobre o vestibular e a competição imposta pelo exame, sobre o abismo entre o ensino público e privado.

CAPÍTULO 4
2018

YAN Comunicação

# E AGORA, JOSÉ?

Já ouviu o termo "O baguio tá loko"? É assim que o Coletivo enxerga as mudanças pelas quais nosso evento passa a cada ano. A edição anterior já havia sido realizada com dificuldades e tudo indicava que o evento continuaria a crescer. Foi então que a pergunta veio à tona: "E agora, José?"

O Coletivo seguiu o caminho mais procurado pelos artistas: os editais públicos. Já havíamos sido contemplados em alguns, e com este histórico de sucesso dos *Slams Interescolares*, acreditamos que teríamos grandes chances de ganhar outra vez. Nos inscrevemos em dois editais e não fomos aprovados em nenhum. Na segunda negativa, ficamos indignados e pedimos um parecer da equipe técnica responsável pelo edital. A resposta que obtivemos foi a seguinte: "pouca relevância para a cidade". Seria melhor se não tivéssemos perguntado, assim pouparíamos a nossa saúde mental. Como que um projeto que atinge diversas escolas públicas das periferias, que incentiva a leitura e a escrita de poesias de um modo inovador, não tem nenhuma relevância para cidade? Gostaríamos de acreditar que a comissão de avaliação foi técnica e soberana.

Depois que "a festa" acabou, que a luz apagou, que o povo sumiu, e que a noite "esfriou", o grupo decidiu então realizar um financiamento Coletivo virtual, já que as outras tentativas de financiamento haviam sido fracassadas. O jeito era apostar no ubuntu do "nóiz por nóiz", e escolhemos como suporte a plataforma Catarse. E se tudo desse certo poderíamos custear o mínimo do mínimo do básico. Toda essa preocupação devido à uma nova mudança que ocorreria na quarta edição do Interescolar SP: a divisão por categorias, ensino fundamental e ensino médio.

Já era uma demanda antiga a separação por categorias, pois existe uma distância muito considerável na formação de um aluno do sexto ano do ensino fundamental, que tem em média 11 anos, e a de um aluno do terceiro ano do ensino médio, que já está próximo à maioridade. Nesta quarta edição do *Slam Interescolar de São Paulo* foram abertas duas inscrições, sendo uma para o

Fundamental II e outra para o Ensino Médio, e as batalhas seriam realizadas em dias diferentes. Se por um lado essa decisão satisfaz os participantes por concorrerem com pessoas próximas a sua idade, por outro, o trabalho e as despesas com o evento dobram de tamanho, por isso a necessidade do recurso nos era tão emergencial.

Após o encerramento das inscrições para o Interescolar de 2018, constatamos que o número de escolas aumentou, conforme previsto: de 38 para 57 participantes, ou seja, um aumento de 50 por cento. Com esse aumento, o Coletivo se esforçou para poder dar todas as orientações necessárias às escolas inscritas e tentou estar presente na maioria das seletivas escolares.

Uma surpresa boa foi que o grupo pôde contar com um material didático entregue às escolas municipais, os livros de Língua Portuguesa "Saberes e Aprendizagens", destinados ao nono ano do ensino fundamental II, onde havia um capítulo inteiro falando sobre poesias e também como organizar um slam na escola. Logo no início do livro, uma foto do Slam da Guilhermina ocupando duas páginas inteiras, e mais adiante, outra foto do matemático Chapéu segurando as placas com as notas atribuídas pelo júri. O livro apresentou um primoroso material de auxílio aos professores.

O financiamento solicitado pela plataforma Catarse não atingiu o valor solicitado: arrecadamos apenas um terço da meta. Infelizmente, por mais que tivesse havido divulgação e aumento crescente na procura pelo evento, a "coisa" não andou, ou seja, conseguimos apenas 20 doadores. Com esse valor foi possível somente a compra dos 12 troféus para premiação e a contratação dos DJs. Vale registrar aqui que Roberta Estrela D'Alva e Francisco César foram os dois que fizeram as maiores doações.

Passados alguns meses do lançamento da campanha tivemos que partir para outras alternativas. E uma delas deu certo: o anjo Paulo Rafael fez outra ponte e fechamos parceria com o Sesc 24 de Maio, que possibilitou a realização de um encontro formativo e também a realização da quarta edição do *Slam Interescolar de São Paulo*, que novamente contou com o time de voluntários do Instituto Singularidades e com a doação maciça de livros de diversos poetas e Coletivos culturais periféricos.

Foram dois dias incríveis que ficaram registrados pelo olhar sensível da fotógrafa Índia e em vídeos feitos pela produtora Colapso. Foram convidados dois DJs para os eventos: no primeiro dia, o DJ Faul, e no segundo, a DJ Sophia, nossa convidada pelo segundo ano consecutivo. Mais uma vez, todos/as os/as poetas participantes receberam premiação, e os primeiros lugares, troféus. Foi treta, mas a missão foi concluída com êxito!

Na categoria fundamental II, na última rodada tínhamos cinco finalistas... Isaac Quaresma, com 14 anos, experiente e conhecido nas rodas de slams, veio pesado e chegou na final. José Walisson, o Leão do Norte, da EMEF Humberto de Campos, um menino tímido, que usava um chapéu de caubói, surpreendeu nas duas primeiras rodadas, mas na última não tinha mais poesia para apresentar, pois não acreditou que passaria de fase e então preparou apenas dois poemas. Por outro lado, Rafaela Rodrigues, da EMEF Desembargador Achilles de Oliveira Ribeiro, contou até com um treinador, o *coach* e professor Willian Sartorio. Os dois chegaram mais cedo, fizeram o reconhecimento do espaço, e Rafaela testou a sua voz sem o microfone, ensaiou a postura no palco, treinou o volume da sua entonação. Valéria Paes, da EMEF Henrique Pegado, escola da prô Glauciane (que Alcalde homenageia no poema transcrito anteriormente), enfrentou os maiores desafios daquele tempo acirrado das eleições de 2018 para chegar até a final. O Coletivo acompanhou a seletiva em sua escola e presenciou poetas defendendo o candidato da bala e ainda sendo apoiado por alguns professores. A vitória de Valéria foi mais que simbólica, foi ideológica, ela venceu o discurso de ódio, e a EMEF Henrique Pegado teria uma jovem negra como sua representante. Marina Valenari, da EMEF Cláudio Manoel da Costa, unidade escolar que participa do projeto desde a sua primeira edição e que sempre levou o maior público ao evento, conquistou, por fim, o primeiro lugar. Marina, com temas profundos e dramáticos, levou o título para a sua tão esforçada escola.

Já na categoria Ensino Médio, conseguimos chegar a escolas de outras cidades do estado, em grande medida, graças à divulgação entusiasta da professora Cynthia Agra de Brito Neves, da UNICAMP. E nesse processo, a equipe foi até Campinas e Hortolândia. Alcalde e Kaya se dirigiram à ETEC Bento Quirino, em Campinas. O evento ocorreu na quadra de esportes da escola e contou com a presença de praticamente todos os alunos. Muitos poetas participaram trazendo para os seus versos temáticas raciais, sociais e de gênero. E ali também percebemos indícios da polarização política de nosso país, quando, por exemplo, as meninas recitavam poemas denunciando o machismo, alguns meninos na plateia diziam quase sussurrando: "Ele sim". Venceu Lavínia dos Anjos, a mais feminista de todas, para o desespero daqueles que defendiam o presidente fascista. O poeta Legant, por sua vez, foi até Hortolândia. Segundo nos relatou: "O palco lembrava um desfile de moda, mas o foco não estava no estilo das roupas, e sim, no estilo das poesias. Uma sobre a luta feminista, outra sobre a perda de um familiar, outra sobre as desigualdades sociais". De lá veio Gabriela Costa, outra garota antenada nas discussões políticas do país, que enfrentou o conservadorismo interiorano e conseguiu chegar à final. Ficou em terceiro lugar no Interescolar de 2018. Da zona sul veio Evelyn Giovana, da EE Vicente Rao, e não perdoou. Duelou a final com Jow Nogueira, estudante da mesma escola que o Igor, vencedor da edição anterior. No Interescolar Evelyn se sagrou campeã da sua categoria.

Slammers de destaque na cena como Tawane Theodoro, Cinthya Kimani, Jéssica Marcele, Patrícia Meira, Rafael Carnevalli, Lobinho, Lucas Afonso, Mariana Felix e Kaya, foram voluntariamente às escolas de São Paulo promover o nosso Interescolar. Sem nenhum tipo de formação ou auxílio financeiro, foram orientados a auxiliar os professores e a recitar poesias para incentivar os alunos em suas apresentações.

Aí, José, o evento pode não ter relevância para o Estado, mas tem muita importância para os poetas, para os alunos e para os professores. Pokas.

*Coletivo Slam da Guilhermina*

# CURIOSIDADES:

- O vídeo explicativo utilizado na divulgação da Campanha no Catarse foi criado por alunas da professora Cristina, do Colégio La Salle. São elas: Anna Luiza Iga, Giovanna Maria da Silva e Camila Mioto, que na época cursavam o Ensino Médio .
- Link: https://www.youtube.com/watch?v=vpk2NZjf2LQ
- Em novembro de 2018, em uma gravação de uma série da HBO, Pico da neblina, produzida pelo conhecido cineasta Fernando Meireles, usaram em uma cena uma faixa genérica fazendo referência ao Slam Interescolar.
- Em 2019, na novela "Bom Sucesso", da rede Globo, havia um personagem, o Luan, que era slammer. A novela mostrou uma cena de slam[1] de rua em que Luan se apresenta e após as notas do jurado a plateia grita "Credooooo!". Essa reação foi criada pelo MC Cérebro IDP, do grupo Eternos Suspeitos , em uma noite fria do Slam da Guilhermina. Nessa mesma cena, a professora de Luan aparece elogiando a poesia falada por ele e, em seguida, promete levar o slam para a escola onde trabalha – uma referência ao Slam Interescolar? Em outra cena, Luan desafia o colega Waguinho para um slam na escola[2] em que ambos estudam. No final da novela, em janeiro de 2020, mais uma cena rápida de slam veio ao ar[3].
- A TVT cobriu nosso evento mais uma vez.
- Link: https://www.youtube.com/watch?v=lnp1YHHwBZY
- 45 escolas participaram do Slam Interescolar de São Paulo 2018.

---

1 Disponível em: https://globoplay.globo.com/v/7904015/. Acesso em 27/09/ 2020.
2 Disponível em: https://globoplay.globo.com/v/7957966/. Acesso em 27/09/2020.
3 Disponível em: https://globoplay.globo.com/v/8205806/. Acesso em 27/09/2020.

VENCEDORA DO IV SLAM INTERESCOLAR-SP

India

MARINA VALENARI
13 ANOS
EMEF CLÁUDIO MANOEL DA COSTA
ENSINO FUNDAMENTAL II

**Se essa rua**
**Se essa rua fosse minha**

Eu mandava
Eu mandava construir
100 casinhas
100 casinhas num instante
Para que eu
E meus amigos possam dormir

Nessa rua
Nessa rua tem uma praça
Que parece
Que parece
Mais um lixão
Mas ninguém
Mas ninguém se importa
Qu' euzinha durmo naquele sujo chão

Se essa rua
Se essa rua fosse minha
Eu mandava
Eu mandava era matar
Todos esses
Todos esses corruptos
Que vem aqui
Que vem aqui para votos tentarem ganhar

Nessa rua
Nessa rua tem um terreno
Que eu posso
Que eu posso enterrar
Todo mundo
Todo mundo que vive
No bem bom lá no planalto de Brasília

Se a Cracolândia
Se Cracolândia fosse minha
Eu mandava
Eu mandava resgatar
Duaszinhas
Duaszinhas pessoinhas
Que deviam
Que deviam estar a me criar

Nessa tal
Nessa tal de Cracolândia
Tem um monte
Tem um monte de coisa ruim
E todo dia
Todo dia me pergunto
Por que papai e mamãe foram parar lá

Se essa rua
Se essa rua fosse minha
Eu mandava
Eu mandava ladrilhar
Com pedrinhas
Com pedrinhas acho que de crack
Só para ver, só para ver meus pais voltar
Nessa rua
Nessa rua tem um bordel
Que me faz
Que me faz querer chorar
Toda vez
Toda vez que eu paro e penso
Que no futuro
Ele pode ser o meu lar

Se essa rua
Se essa rua fosse minha
Eu mandava
Eu mandava proibir
Todos esses
Todos esses sujos homens
Que minha pureza
E inocência querem arrancar de mim

Quando eu
Quando eu era apenas uma criança
Essa música
Essa música
Eu costumava cantar
Para tentar
Para tentar me livrar
De todas as preocupações
Que eu tinha que carregar

Hoje em dia
Hoje em dia aquela suja
Suja praça não é mais o meu lar
Para quem pensa que eu mudei de vida
Na verdade, os meus pais vir encontrar

Depois de anos
Depois de anos naquele bordel
Minha alma
Minha alma
Está tão suja
Que não tenho
Que não tenho mais condição de a lavar

Essa é
Essa é minha última música
Pois o crack
Pois o crack está a me matar
Minha mãe e o meu lindo paizinho
Quem sabe
No inferno vou encontrar.

VENCEDORA DO IV SLAM INTERESCOLAR-SP

India

**EVELEN GIOVANNA**
16 ANOS
E.E. VICENTE RAO
ENSINO MÉDIO

Vamos relembrar um fato histórico que aconteceu:

O branco escraviza, coloniza,

discrimina, ridiculariza, inferioriza,

E quem não presta sou eu?

Quem tem, tem

Quem não tem, é visto como ninguém.

Isso é fácil de perceber, por isso me diz

Quantos negros a gente vê na TV?

A abolição da escravidão

Ocorreu já faz um tempão, mas parece que não,

Porque até os dias atuais, o negro é visto como ladrão.

Ou você não viu, não assistiu?

Claro que não ouviu, mataram um cara negro

e até hoje ninguém descobriu.

Robson da Luz era o seu nome, também um sujeito homem,

negro e da pele escura,

as pessoas acham que a cor da pele

tem alguma coisa a ver com cura.

Ninguém inventou, ninguém comentou

E ninguém vai contar, ele era negro

"Cê" acha que a mídia vai mostrar?

Não queria falar, porque vai que dá "treta"

A primeira mulher negra

que quase sentou na cadeira da Academia Brasileira de Letras:

Conceição Evaristo

Quero saber por que quase e
por que não?

Coitado! Me seguiu no mercado,

Parou ao meu lado como se eu
fosse um alguém:

Levanta a mão pro alto, é um
assalto e eu quero tudo de
quem tem!

Isso não aconteceu comigo, mas
aconteceu com a minha avó,

Logo com a minha avó, tenha dó!

Sempre deu duro, trabalhou
desde quando era menor,
incansavelmente,

Pra um cara parar do seu lado

E a agredir verbalmente?

Esse tipo de preconceito acontece
todo dia,

o que me salva é a minha poesia,

Que pode salvar também um
bocado de gente,

porque tudo o que eu escrevo é
consciente.

Agora, falando a verdade,

Com total humildade:

Vai ter mais negro sim dentro de
uma faculdade!

Porque Minha Nossa Senhora,

Até quando vou ter que falar que
cota não é esmola?

Antes de finalizar

Eu tenho que dizer,

Um dia me chamaram de macaca

Como se isso fosse me ofender.

Aí eu te pergunto:

Cadê o respeito neste
louco mundo?

A verdade é que somos vistos
como imundo e sem coração,

não somos dignos de nada nem de
uma oração.

Imagina então, se temos o
candomblé como religião?

Escuta o que eu falo agora: em
meio a tanto preconceito,

nós vamos fazer história, os dias
de luta serão dias de glória.

O negro tem sua raiz, independente
da sua matriz,

Seja como quiser.

Você é o que é,

Não é da conta de ninguém.

Ser negro e pobre nunca vai te
fazer menor do que alguém.

Entendam de coração,

Não é uma crítica a todos os
brancos da nossa nação,

é só uma reflexão com a minha
total dicção, porque tudo passará,

Mas minha opinião não!

LAHEY MONTEIRO
15 ANOS
EMEF RODRIGUES ALVES
ENSINO FUNDAMENTAL I

"Não julgue um livro pela capa" diziam meus professores.
pena que isso só servia na sala, pé pra fora da escola
o povo já tirava conclusões precipitadas.
há milhares de pessoas naquele local,
mas adivinha quem o segurança seguia?
era aquele "Preto suspeito"
que sobre seu peito tinha um terço,
mas na sociedade não foi salvo, apenas condenado,
já que era preto e ousado em assumir seu cabelo crespo.

É difícil fingir não ouvir,
pior ainda saber que eu não poderia fugir
Pois EU TAMBÉM ESTAVA CONDENADA!
Condenada a ser discriminada,
Condenada a me sentir inferior.
O melhor de mim ninguém verá? SERÁ PRECISO GRITAR?
Fui rejeitada antes mesmo de começar a falar.

Sociedade hipócrita que paga um pau mais causa um mal.

É fácil elogiar, mas na rua "vish, aquele preto vai me roubar" a primeira coisa que você faz quando nos vê é esconder o celular!

Mandela Já dizia "não somos iguais a eles, então façamos as diferenças".

Amo Minha Raça, e luto por nossa cor.

Para e pensa comigo: por que o gatilho procura meu tom?

Procura o mais escuro entre os claros, coincidência?

Pra mim é só mais um ato dessa polícia fascista que se diz herói...

SHIIIIUu... um minuto de silêncio!

HOJE EU TÔ EM LUTO, PELO MULEQUE QUE FOI ASSASSINADO.

ANDAVA SEM DOCUMENTAÇÃO

E A DECISÃO TAVA COM O FARDADO QUE SUPÔS QUE TAVA ARMADO,

ATIROU SEM NEM OLHAR PRO LADO...

Eles querem me censurar porque eu falo a verdade,
mal sabem eles que eu só digo minha realidade.
Eu vivo de fatos que eu mesma presenciei ...
Quebra de página
Menina mulher de pele negra
Demorei pra me sentir aceita
Preferia que me chamasse de morena

Mas Morena eu não sou
Pois morena é branca com cabelos escuros
E eu sou toda trabalhada nesse tom noturno!
A minha luta tem cor, tá ligado?
Famosa cor do pecado!
A cor que a bala perdida procura
A cor que faz minha pele ser a mais barata no mercado.
Não é inferiorizando
Mas é tanto Preto Pedreiro
Tanta Mulher Negra Empregada
E tanta criancinha neguinha abandonada vendendo bala no farol...

O Sol, não esquece que minha melanina
foi tirada do berço da vida, humanidade Mãe África.

Mas a culpa dessa vida sempre Será Nossa,
Se quisesse vida melhor que terminasse os estudos...

A Matéria que eu sou apaixonada eles querem tirar!
Obviamente nos ensina a pensar,
pois um sábio analisa antes de começar a criticar....

No Livro De História, minha história foi ocultada
Ninguém lembra de passar de reinos africanos...
Mas do feudalismo isso Sim é importante pra vocês?

Mas O Estado Já Tem tudo tramado,

Quanto mais você trabalha mais empobrece.

Porém, enquanto eu estudo

minha alma se enriquece da forma que elas não querem.

Aprendendo aquilo que resta no currículo escolar ...

O aluno nunca é incentivado,

A escola só impõe regras...

Pra eles minha cor diz muito,

pra mim ela é muda nunca ouvi ela falar um "a" mas é só eu virar as costas que vocês já pensam que eu vou assaltar

Mas na moral, tira esse preconceito da tua cara,

porque eu não me assemelho a um bandido

Discriminada desde cedo,

mas não serei padronizada, serei a aceitação!

Eles que aceitem o meu não!

Minha Luta Pelo Meu Povo Preto será difícil,
Mas na Caminhada eu me faço presente,
Assim como Marielle
Assassinada brutalmente, porém ela havia plantado sementes
E elas geram Paz, igualdade e isso o caos rejeita.
Que eu seja como Dandara dos Palmares,
Mas pra tua infelicidade eu não me jogarei da pedreira...

Eles me xingam, mas tem uns que eu aceito e bato no peito
Sou filha da mãe, filha da luta, posso até ser filha da puta, mas sou filha da puta mulherona da porra
que me ensinou como essa merda funciona!
... me ensinou a persistir, a insistir e resistir porque eu tenho meu lugar
e por meu direito eu vou assumir

Filha Da Mãe Preta, que sabe que nascer preta
em um país que não assume a desigualdade social é muita treta!

RAFAELA RODRIGUES MARCONDES
14 ANOS
EMEF DESEMBARGADOR ACHILLES DE OLIVEIRA RIBEIRO
ENSINO FUNDAMENTAL II

Tá carregada
e você tá na mira da minha rima
e a bala vai sair cortada
e acertar tua mente quadrada
é que hoje eu tô no tráfico
me enquadra
e vê se acha toda a verdade
que eu tô portando pra falar
na minha mochila tem uns pacote
de 5, de 10, é só chegar
conteúdo? Poesia
te garanto que numa brisa louca tu vai ficar
vai até bater uma larica
mas é só pegar caneta e papel
que vai passar
pode chapar
bebe uns corote de conteúdo e dá pt de informação
vamo marginalizar
e escrever nossos verso no busão
Baile da Gaiola? Baile?
Já pensou num sarau da Gaiola?
as mina recitando
os mano mandando na rima
representando a voz da periferia

sabe o que eu vou injetar?

umas dose de empoderamento

eu vou dopar e dar uma cheiradinha
em conhecimento

LSD? pode usar

liberdade, salvação e defesa

da quebrada

eu não vou deixar

a sociedade uma corda no meu
pescoço colocar

empurrar meu futuro brilhante

e me deixar presa no que seria

o meu destino

e sabe o país que eu quero?

"o Jovem no Brasil sendo levado
a sério

quem corre atrás, labuta

nunca perde a luta"

e por mais que pareça pouco

nossa luta vai começar na poesia

na liberdade de expressão

a salvação serão os versos

e vai ter defesa

de uma favela que eu tenho certeza

que ainda tá viva

QUEZIA SOUZA DE FREITAS
15 ANOS
E.E. JOSÉ TALARICO
ENSINO MÉDIO

Não sei se já percebeu, mas...
Estamos sempre com o celular
De dia, de noite, de madrugada
É difícil de largar.

Esse aparelho que nos prende
Cada vez mais nas redes sociais
Deixando nossa vida de lado
Nem conversamos mais com nossos pais

Tudo que fazemos
Click, tic, tira foto, posta
Essa tecnologia está nos deixando loucos
A cada dia tenho mais certeza que
Celular é uma bosta

A tecnologia é uma bosta!
A gente acha que estamos cada vez mais perto de tudo
Mas estamos nos distanciando de todos
Nos distanciando do mundo.

Não existe mais diálogo verbal
Agora é só mensagem no WhatsApp
Estamos todos infectados por essa praga
Não há um que escape

Não há um!
Ontem minha avó não sabia fazer uma ligação no celular
Agora quer que eu faça um face pra ela
Diz que tá cheia de foto para postar

As criancinhas hoje em dia coloca:

#PartiuEscola

Postou no face jogando free fire

Mas não sai na rua pra jogar uma bola

Eu acho muito engraçado

Eu adoro aula de história

Mas a escravidão não acabou

Ela tá começando agora.

Antes os brancos escravizavam os negros

E achavam que mandavam em tudo

Mas olha o "Preto" (celular) aí

Escravizando todo mundo.

O ser humano está ficando cada dia mais louco

Vê um Mano passando sufoco, prestes a se matar.

Ele diz:

"Calma, espera um pouco que eu preciso filmar,

agora sim, pode se jogar,

já está na transmissão ao vivo prontinho para postar"

Não sei o que está acontecendo,

Estamos ficando cego

As mina postando foto pelada para dar curtida

E alimentar o próprio ego

Se toca, filha,
Você acha isso bonito?
Tanta coisa pra mostrar
Por que não mostra o seu sorriso?

E os mano se achando bandido
Postando foto com maconha
Hah, não tem como não rir
Sai daí que "cê" tá passando vergonha

E além de tudo,
Faz o bagulho todo errado
"CÊ" não sabe nem enrolar sua mãe
Vai me dizer que sabe dichavar a "mari" e bolar um baseado?

Vamo acordar, interagir
Aprender, aproveitar
A vida é uma só
E estamos perdendo ela mexendo no celular

Imagina se tivesse Wifi depois da morte
Seria mais ou menos assim
#subi #desci
#TaCalorAqui

Imagina as selfies
E as legendas
"Nossa, aqui tem tanta gente,
Encontrei vários amigos que ria dos memes de deficiente."

Vamos parar por aqui!?

Aproveitar nossos momentos

Deixar o celular de lado

Guardado.

Fotos se perdem ao vento

Mas sentimentos e cada flash na mente
será pra sempre lembrado.

Diga o que sente agora

Mas não por mensagem nem por ligação

Não! Não seja boba

Diga cara a cara, olho no olho, frente
a frente

E se possível, boca na boca.

Eu preciso terminar,

mas antes de acabar vou fazer
uma gravação,

deixando minha opinião

Mas isso não aconteceria.

O Brasil que eu quero pro futuro

É um Brasil sem celular, sem televisão

e sem escravos da tecnologia!

KAILAINE ABREU SILVA ALEXANDRE
15 ANOS
IFSP - CAMPUS AVANÇADO SÃO MIGUEL PAULISTA
ENSINO MÉDIO

## Amor"

Eita
Aquele sentimento,
Que dá vontade de senti-lo a vida inteira,
Que começa a criar almas gêmeas,
Que, por incrível que pareça,
Cria felicidade,
Cria alegria,
Cria maturidade,
Cria harmonia,
Onde você, com o tempo ou não,
Conta todas as suas rotinas,
Conta todos os teus segredos,
E, automaticamente, aparece todas as suas características
E aos poucos,
Cria-se AQUELA PESSOA!
Oh pessoa...
Você já não pode mais ir embora,
Você já me deixou viciada,
Viciada em você,

Viciada no seu beijo,
Viciada no seu abraço,
Viciada em entrelaçar meus dedos no seu cabelo,
Viciada no seu carinho,
Viciada no seu cheiro,
Viciada em você todinho!
Mas esse sentimento...
É algo inexplicável!
Não há palavras para descrevê-lo...
Eu tento demonstrá-lo,
Mas não é o suficiente,
Então o que fazer para ser suficiente?
É... Eu não sei,
Só sei que esse sentimento me permite te querer...
Em todos os segundos,
Eu quero te ter,
Te ter ao meu lado,
Em todos os minutos...
E com você eu pretendo viajar,
Pretendo muitas coisas
mas se eu for falar,
Esse poema não vai acabar,
Então fica com o meu "Eu te Amo",
Pois ele é puro e verdadeiro,
E eu prometo tentar te fazer feliz,
A pessoa mais feliz desse mundo inteiro!

GABRIELA COSTA LIMA
17 ANOS
ETEC DE HORTOLÂNDIA
ENSINO MÉDIO

Eu vim aqui
Mas nem sei o que falar
Começaria eu pela senzala ou pelo enquadro?
Pelo dissabor de um tapa bem dado?
Ou pela chibatada no meu corpo cansado?
Duas mãos na cabeça
Coração na mão e sangue que escorre pra fora da veia
Olhos com lágrimas
"Cadê seu documento?"
"Shhhhhh! Silêncio..."
Preto pobre nasce pro tronco
Da senzala ao enquadro....
Minha carne continua sendo a mais barata do mercado

Todo ardor de um longo dia de trabalho
Voltando para casa e não se pode entrar no morro
Porque a intervenção tá lá e não é poética
Não veem as minhas rimas, não ligam para estética
Da minha lírica.
Não tem lirismo, é o puro racismo.
Com o estômago vazio e um fuzil no peito
É barulho de tiro
E a molecada correndo com medo
Mas escondidos
Porque preto correndo é bandido.
Fascismo!
Fácil ser a favor do armamento
Quando tua cara não é o destino da bala
Quando não é a tua fé que se abala
Quando não é seu coração que fica aflito.

Do tronco à margem

Marginalização, incentivo à mesclagem

Branqueamento

Diga-se de passagem

Adeus escravismo

Adeus escravizados

Senhor Deus dos desgraçados...

Como pode tu assistir tamanha desgraça

Com tanto cinismo?

Não são filhos teus

Todos aqueles miseráveis réus?

Quando foi que minha graça se perdeu?

Senhor Deus dos desgraçados

Por que rejeita aos seus?

Não era também negro o primogênito teu?

Ah não, é loiro de olhos azuis

Padrão de beleza europeu

Não sabeis vós que quem deveria estar em juízo

São os mesmos que perseguem judeus?

Senhor Deus criador do jardim do Éden

Essa terra fértil é regada com o sangue dos meus!

Não és tu o Deus dos compadecidos?

A dona Maria Aparecida já perdeu os dois filhos e o marido

Numa guerra que não é contra o tráfico, e nunca foi

Se não, essa nação não seria construída por traficados

Roubados, vendidos, escravos

A guerra é chacina disfarçada
Contra o pobre não privilegiado
Cuja pele é negra tiziu
Deixa bem destacada a mira do fuzil
Que atravessa o templo de uma história rompida

Da senzala ao enquadro
Da polícia ao capitão do mato
A ética continua a mesma, corrompida
Algoz, quadrilha, vendem os seus
Quanto vale ou é por quilo?
Sete arrobas, o preço é baixo
Não presta nem pra reproduzir...
Como é o refrão?
"A carne mais barata do mercado, é a carne negra"
Da polícia ao capitão do mato
Eu não sei qual temer mais
Os bandidos que dão tiro pro alto
Ou "os soldados armados, amados ou não,
quase todos perdidos, de armas na mão"
Apenas pra matar são treinados

E ainda assim dão tiros errados
Era um guarda-chuva não uma arma!!!!!
Desse jeito minha rima desarma
É só tiro, violência e tapa na cara!
Da senzala ao enquadro
500 anos percorridos
E eu continuo sendo apenas um negro alvo.

CAROLINA RODRIGUES ALVES FRANCISCO
18 ANOS
E.E. PROFESSOR GABRIEL ORTIZ
ENSINO MÉDIO

## Eu te odeio

Eu te odeio
Por deixar-me
Quando de ti mais precisava
Por não estar aqui
Enquanto teu nome eu clamava
Por ir embora enquanto por ti eu esperava

Eu te odeio
Por não ter esperado
Pelo aperto
De meus braços
Antes de partir

Eu te odeio
Por ter me feito perder tanto
Sem nem me importar
Pois fizera de coração
Mas perdi tudo em vão
Pois perdi também a ti
Ao final
Nada é tudo que consegui

Eu te odeio
Por não
de minha mente
Por ser meu flashback mais amado
E odiado
Por ter me impregnado
Com cenas do teu declarado
Amor

Eu te odeio

Por ter esses olhos verdes

Vibrantes

Que eu procurava toda vez

Que em teus braços me encontrava

Eu os chamava

Era minha melhor morada

Eu te odeio

Por todos os dias que eu passei contigo

E por eles terem sido os melhores

Que trago comigo

Por serem o motivo do meu atual castigo

Eu te odeio

Por despertar moradia

Sem intenção de ficar

Pra vida

Ou mais alguns dias

Eu te odeio

Por não falar comigo

E por todas as vezes que já falou

Eu te odeio porque não posso mais ouvir de ti

A palavra amor

Eu te odeio

Por me fazer te odiar

Eu te odeio

Por saber que isso é mentira

Porque eu te odeio

Por te amar.

## LAVÍNIA DOS ANJOS DE SOUSA DA CUNHA

**17 ANOS**
**ETEC BENTO QUIRINO**
**ENSINO TÉCNICO INTEGRADO AO MÉDIO DE INFORMÁTICA.**

Primeiro querem nos calar
Passando a borracha em nossas mentes
Vão nos impedir de pensar
Dinheiro te faz mais inteligente
Nossos impostos são postos direto na lama
O governo reprime se o jovem reclama
E na teoria
É pra nos ensinar

Mas como o jovem existe sem aprender a pensar?
Reforma do ensino médio?
Virando o ensino de cabeça pra baixo sem pensar nos impactos
Se liga rapa isso aqui não é a reforma do seu prédio

Destruindo o ensino público
Escola particular é só pros que podem
Se o muleque não aprende
Não passa no Enem
Vai procurar emprego informal

E aí se tira na faculdade a vaga de mais um jovem
Brasil um país de todos
Ah, conta outra a gente já sabe a verdade
Feita pra jovens que precisam?
Engraçado eu só vejo branco na universidade!

Os burgueses dizem "não é comigo"
e aqui eu sinto o vômito subir
Meus irmão e primos não terão futuro
Graças aos pilantras de terno
e vocês que fingem não estar aqui

Eu só queria um mundo com mais educação
O jovem da perifa não tem muita opção
E enquanto vocês compram seus diplomas
o jovem pobre larga a escola pra poder comprar o pão
E vocês riem disso tudo não tão nem aí para nada
Depois a culpa é do menor pego num assalto a mão armada

Mas cês não deram opção
Cortaram gastos na educação
Os sonhos são jogados pelo chão
Escola é o caralho
os pivete tão tudo sujo com graxa na mão
É tudo um plano deles
Tudo isso que vocês estão vendo
O governo não investe em educação
Porque educação derruba o governo!
Enquanto escrevo esse som
Olho pra eles enojada
A Deus peço por revolução
Não quero ser alienada

## LEÃO DO NORTE (JOSÉ WALISSON DE FARIAS SANTOS)

13 ANOS
EMEF HUMBERTO DE CAMPOS
ENSINO FUNDAMENTAL I

Meu nome é José Wallison

Leão do Norte me chamam

Sou filho de Williane e vó Edite

Alagoas é minha terra

Leão fugido pra casa da vó

Coração abrigo

Contra a vida seca do pai que bate na mãe

De onde venho trago memória

e sentimento de paz e guerra

Foram muitos caminhos até em São Paulo chegar

Os três retirantes buscavam vida nova e sadia

Deixamos para trás as pedras de um caminho de uma vida Severina

Para o passado o novo destino

Para a violência o coração

Para o ódio paz renovada

Para o silêncio nova voz ampliada

Chegamos à zona leste logo depois recebemos a notícia

Tiros tiram a vida de quem um dia foi meu pai

hoje eu o perdoo todo mal que ele me fez

ele também foi uma vítima

A minha vingança não é escrever esse poema é ser poesia

Hoje nesse ato de coragem conto minha própria história

Para que cruzem os fios de outras mais

e te convide a não só poetizar a sua história

mas a poemar a própria vida

# MURAL

Slam Interescolar
Achilles De Oliveira, Almirante Cu...
Achilles De Oliveira - Willian
Nossa primeira participação e...a sensação é de que estamos num sonho. Parabéns a este projeto lindo!!! A EMEF Achilles só tem gratidão! Parabéns a campeã, aos jurados, matemático e aos idealizadores e organizadores do evento. Sensacional 20:46
Digite uma men...

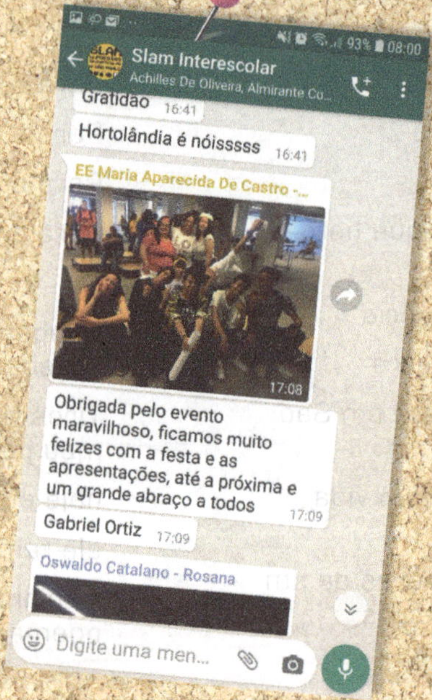
Slam Interescolar
Achilles De Oliveira, Almirante Cu...
Gratidão 16:41
Hortolândia é nóisssss 16:41
EE Maria Aparecida De Castro -...
17:08
Obrigada pelo evento maravilhoso, ficamos muito felizes com a festa e as apresentações, até a próxima e um grande abraço a todos 17:09
Gabriel Ortiz 17:09
Oswaldo Catalano - Rosana
Digite uma men...

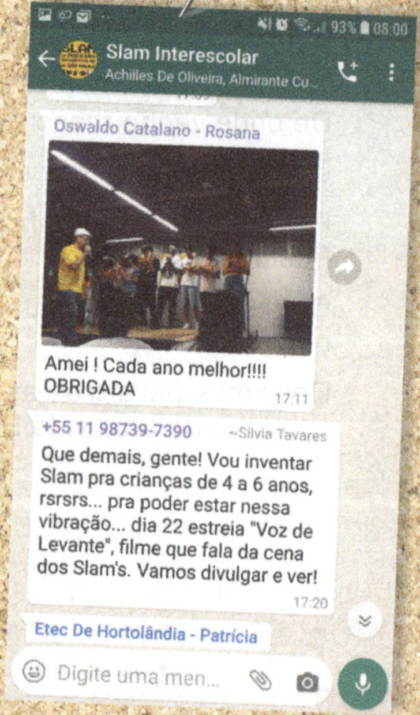
Slam Interescolar
Achilles De Oliveira, Almirante Cu...
Oswaldo Catalano - Rosana
Amei ! Cada ano melhor!!!! OBRIGADA 17:11
+55 11 98739-7390 ~Silvia Tavares
Que demais, gente! Vou inventar Slam pra crianças de 4 a 6 anos, rsrsrs... pra poder estar nessa vibração... dia 22 estreia "Voz de Levante", filme que fala da cena dos Slam's. Vamos divulgar e ver! 17:20
Etec De Hortolândia - Patrícia
Digite uma men...

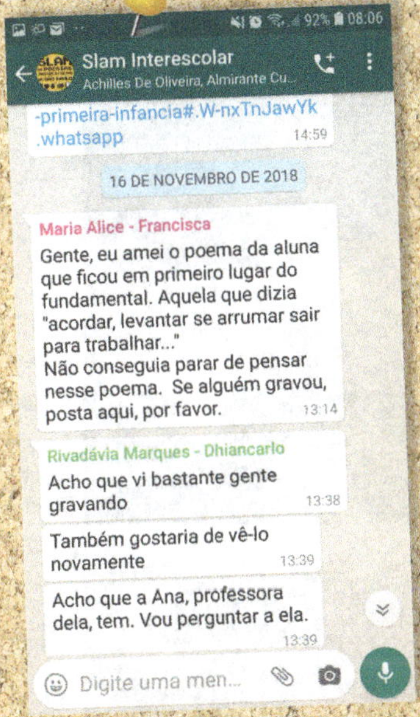
Slam Interescolar
Achilles De Oliveira, Almirante Cu...
-primeira-infancia#.W-nxTnJawYk
.whatsapp 14:59
16 DE NOVEMBRO DE 2018
Maria Alice - Francisca
Gente, eu amei o poema da aluna que ficou em primeiro lugar do fundamental. Aquela que dizia "acordar, levantar se arrumar sair para trabalhar..."
Não conseguia parar de pensar nesse poema. Se alguém gravou, posta aqui, por favor. 13:14
Rivadávia Marques - Dhiancarlo
Acho que vi bastante gente gravando 13:38
Também gostaria de vê-lo novamente 13:39
Acho que a Ana, professora dela, tem. Vou perguntar a ela. 13:39
Digite uma men...

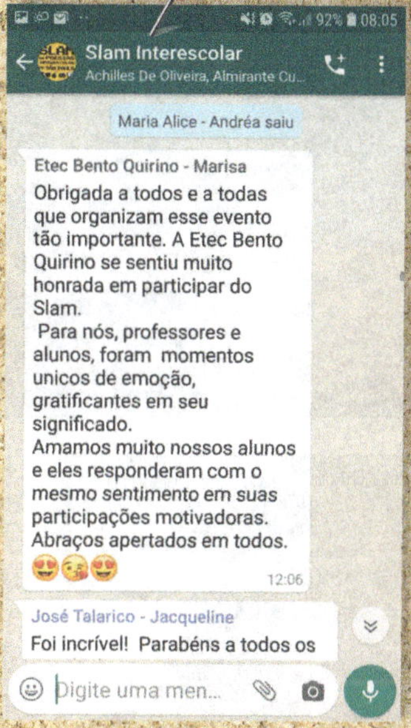
Slam Interescolar
Achilles De Oliveira, Almirante Cu...
Maria Alice - Andréa saiu
Etec Bento Quirino - Marisa
Obrigada a todos e a todas que organizam esse evento tão importante. A Etec Bento Quirino se sentiu muito honrada em participar do Slam.
Para nós, professores e alunos, foram momentos unicos de emoção, gratificantes em seu significado.
Amamos muito nossos alunos e eles responderam com o mesmo sentimento em suas participações motivadoras.
Abraços apertados em todos.
12:06
José Talarico - Jacqueline
Foi incrível! Parabéns a todos os
Digite uma men...

Slam Interescolar
Achilles De Oliveira, Almirante Cu...
Instituto Federal SP - Christian
A equipe do Slam do Instituto Federal de São Paulo de Campos do Jordão, as alunas professores Christian Moura, Rogério Muraro e Caio Pinheiro agradecem pela parceria e oportunidade de dialogar com tantas mentes poderosas.
Abraços e tamu juntu!
Parabéns a todas envolvidas.
20:07
Instituto Federal SP - Christian
Digite uma men...

# GALERIA:

India

India

India

India

India

India

India

India

India

India

India

India

India

India

India

India

India

India

# LOCALIZAÇÃO DAS ESCOLAS PARTICIPANTES DE 2018

■ India

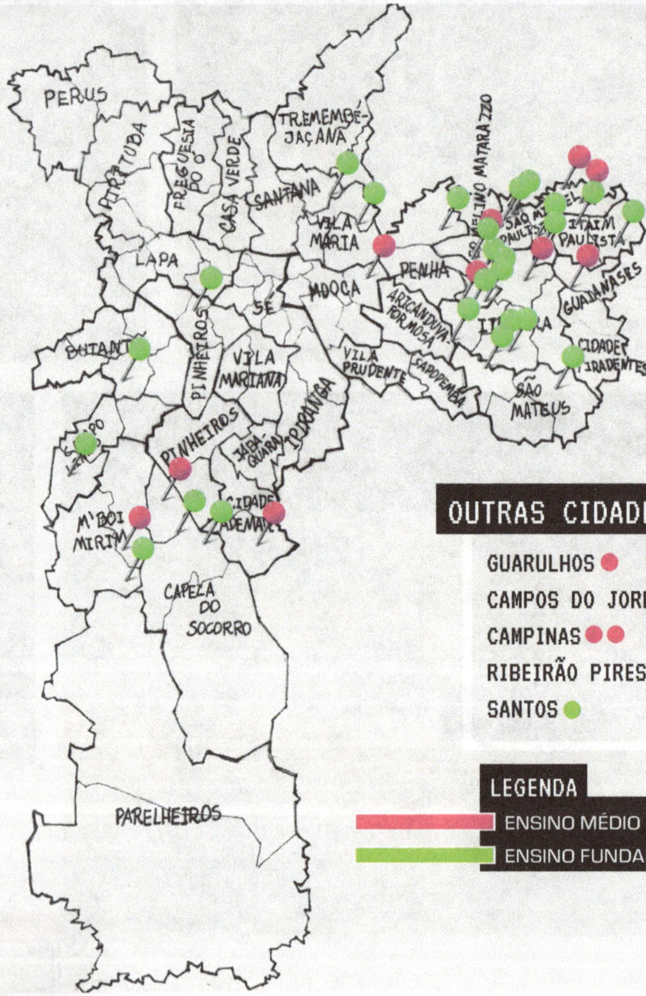


## OUTRAS CIDADES

- GUARULHOS ●
- CAMPOS DO JORDÃO ●
- CAMPINAS ●●
- RIBEIRÃO PIRES ●●
- SANTOS ●

## LEGENDA

- ENSINO MÉDIO
- ENSINO FUNDAMENTAL II

# RAIO X

## PARTICIPAÇÃO ENTRE MENINOS E MENINAS

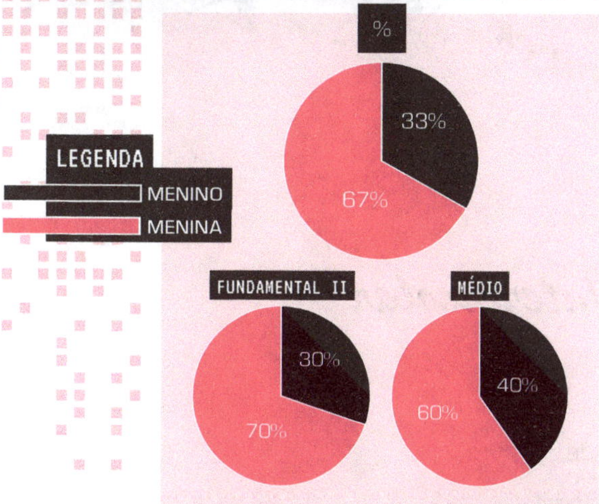


## ESCOLAS DE ENSINO FUNDAMENTAL II E MÉDIO

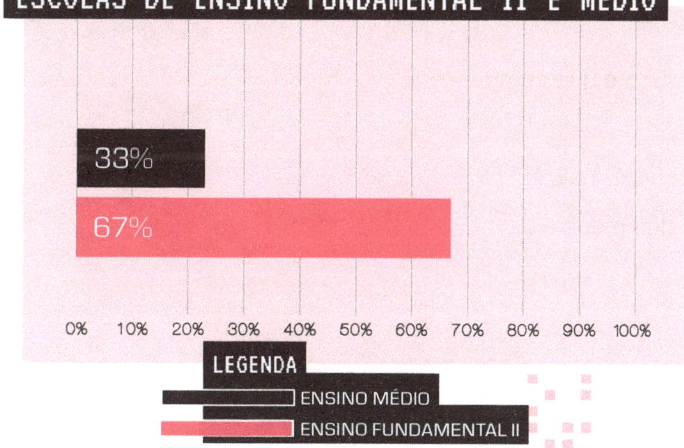


## ESCOLAS PÚBLICAS E PARTICULARES

# HOMENAGEM às professoras e aos professores

## "Jardim De Verso Interescolar"

Na floresta de concreto, que o cinza da cidade esconde,
A poesia ecoa, eclode, brota, desabrocha, rompe, explode!
A poesia tem sido mola propulsora dos meus impulsos
e de tantos outros
O motivo dos meus gestos, o gosto de tudo o que como,
a força dos meus versos.
Por ela eu sonho mais, me mexo mais, quero mais,
brigo, rebento, grito, escrevo as dores dos meus ais.

A poesia tem me dado coragem de enfrentar o trânsito das ruas
e então, poder trafegar viva.
E transitando entre tráficos de informações,
continuar seguindo, resistindo, na contramão,
e enfrentando vilões, das tantas opressões.
Tramitando entre dramas esteroides,
transcendendo para além dos trâmites que me cercam,
suportando a transição das coisas que me habitam.

A poesia, milagrosamente, tem pagado minhas contas.
Pôs comida na mesa, alimentando o papel, o corpo e minh'alma.
Me ajudando a segurar as pontas.
Poesia zica.
Melhor amiga.
Melhor terapia.
A poesia saiu das ruas e foi para as escolas.
Se fez verso de sala em sala.

Rompendo paredes, quebrando lógicas e destravando medos.
E a cada visita, oficina, troca, me fiz mais forte.
Me inspirei com cada história poema, que no ato da escrita,
Virou vida, burlando a morte.
Aprendi com cada aluno poeta, que cruzou meu caminho.

E a poesia ganhou novo significado.
Que somos mais fortes falando juntos e não sozinhos
O Slam Interescolar ressignificou o sentido do ato de poetizar,
poder trocar, ouvir, falar, escrever, falar...

E a cada escola visitada,
Eu me senti - poeta jardineira - espalhando versos sementes
em cada quebrada, tanta poesia semeada...
Sim. As sementes foram plantadas.
E eu realmente desejo,
que cada aluno poeta possa cuidar do solo do coração,
Regando com afeto
para que a mente continue terra viva e fértil.
Que cada ensinamento verso trocado,
Seja fertilizante enraizado
Servindo a quem come, de alimento adubado.

E que nos corações, um novo futuro possa ser germinado
E que seja regada a poesia viva, dos dias.
Nascendo, rompendo terras secas, de barreiras de dor
Florescendo, dando novo sentido à vida e que sua lírica, seja flor.

E que, seja como for, também frutifique,

para que, sempre que precisar,

Seja possível se alimentar

- de poesia fruta doce -

Desejo a cada professora, professor,

poeta formador, aluno poeta, time organizador,

A cada um de nós, que nunca nos esqueçamos, da força potente,

Da semente que estamos plantando.

E que possamos nos encorajar

e gravar esse registro de força em nossa memória

Pois, em breve nossas quebradas jardins

Estarão presentes em nossos livros de história!

E que a poesia marginal, seja essa semente germinadora,

raiz revolucionária de transformação social!!!

Poesia pra revolucionar!

Das ruas pras escolas, das escolas pras ruas

Salve, Salve Slam Interescolar!!!

*Amora - Monique Martins*, poeta,
escritora e atriz.
Poeta-formadora do *Slam Interescolar de
São Paulo*. Criou esse poema
em homenagem a tudo que vivia
naquele momento.

CAPÍTULO 5

2019

YAN Comunicação

# VERBO EMPODERAR

O ano de 2019 veio com força total, e o nosso Coletivo, finalmente, conseguiu ser aprovado em um edital público! O projeto, intitulado "Das ruas para as escolas, das escolas para as ruas", foi contemplado na 3ª edição do Fomento à Cultura da Periferia do Município de São Paulo, lei criada pelos movimentos culturais da sociedade civil, e o Coletivo Slam da Guilhermina fez parte dessa luta, desde o início, atuando como membro do Fórum de Cultura da Zona Leste. E dentro desse projeto aprovado estava incluído, entre outras ações, o *Slam Interescolar de São Paulo*. Sendo assim, foi possível colocar em prática ideias há tempos pensadas pelo nosso Coletivo. A primeira mudança foi aumentar o número de integrantes da equipe, então foram convidados a participar do Interescolar: o poeta Legant, o Cleyton Mendes e a Renata Ravok. Por que chamamos esses e não outros? Legant já colava na Guilhermina desde as primeiras edições do nosso slam e também colava no Interescolar, sempre se mostrando proativo; Cleyton se tornou um frequentador assíduo do Interescolar e sagrou-se campeão do Slam da Guilhermina em 2017; e Renata participou como aluna das três primeiras edições do Interescolar, era uma veterana, portanto. Agora a equipe organizadora do *Slam Interescolar de São Paulo* contava com seis integrantes afiados, e com recursos para concretizar o projeto, o que nos permitiu colocar em prática – e no título – o verbo empoderar.

Ao abrir as inscrições em 2019, mais uma surpresa. As oitentas vagas previstas foram preenchidas rapidamente superando todas as nossas expectativas. Foram mais de cem inscritos, porém, o Coletivo só teria condição de atender o número planejado, por isso muitas escolas infelizmente ficaram de fora.

Nas edições anteriores, o Coletivo orientava as escolas para realizarem seus próprios slams (campeonatos *intra*escolares) e conseguia atender poucas unidades no processo, com a ida esporádica de slammers voluntários e membros da equipe até as escolas parceiras. Em 2019, pela primeira vez com recurso financeiro, seria possível estarmos mais próximos e acompanhar de perto as seletivas nas escolas participantes. Seriam realizadas então duas visitas em cada unidade escolar. A primeira visita seria para ministrar uma oficina de escrita poética, e a segunda, para auxiliar na realização do campeonato escolar. Foi assim que surgiram os "Poetas-Formadores": um time de nove poetas que, após passarem por uma formação, iniciavam os trabalhos nas escolas. Tornaram-se, portanto, figuras importantes dentro do projeto Interescolar, pois, em virtude de serem jovens e já serem conhecidos nas redes sociais, geravam logo empatia e identificação imediata com alunos e professores das escolas.

Cada poeta-formador ficou responsável por oito escolas. Essas visitas possibilitaram a realização de uma espécie de Raio-X de como as escolas se organizavam, para que assim pudéssemos entender melhor como o processo era construído e quais dificuldades os professores enfrentavam para realizá-lo. Já nos deparamos com casos de escolas que não realizavam o slam e simplesmente escolhiam o aluno-poeta "mais inteligente" para representá-la no Interescolar. Esse nunca foi nosso propósito – que fique claro! Com a atuação direta dos poetas-formadores em todas as escolas participantes, esse tipo de situação ou outra semelhante não ocorreu mais, ou diminuiu consideravelmente, tornando o projeto o mais democrático possível. Poetas-Formadores, professores e equipe do Coletivo passaram a ter contato constante, criando-se uma rede de apoio, onde se compartilhavam demandas, informações, crises, afetos e relatos emocionados.

Acreditávamos que a parceria com o Sesc 24 de maio se estenderia por pelo menos um ano, até porque já havíamos fechado datas e horários. Porém, faltando apenas dois meses para a realização do evento, recebemos a informação de que deveríamos buscar outro local para o Interescolar. Assim, sem muitas explicações. Tempos sombrios...

Retomamos os contatos com espaços em que já havíamos realizado o Interescolar, só que em razão do curto prazo, não conseguimos nenhum local, pois as agendas já estavam fechadas. Pedimos apoio para o máximo de pessoas das nossas redes, até que uma professora, a Márcia, mais uma vez do Instituto Singularidades, nos colocou em contato com uma tal de Juliana, secretária do gabinete do então Secretário da Cultura, Alexandre Youssef, que se dispôs a nos ajudar a procurar um espaço que comportasse o nosso evento. Depois de diversas indicações de locais públicos, chegamos ao CCJ - Centro Cultural da Juventude Ruth Cardoso, um espaço público descentralizado, localizado na periferia da zona norte, na Vila Nova Cachoeirinha. Não poderia ser mais coerente com o nosso discurso poético! E mesmo o Interescolar não acontecendo em uma região central de São Paulo, o teatro chegou a atingir sua lotação máxima: realizamos a maior edição do Interescolar da história!

Para a composição da trilha sonora foi chamado o DJ Akilah, indicação do rapper Timm Arif. Akilah é cria da zona norte e tocou no evento para a categoria do Ensino Fundamental, enquanto o DJ Nilo, da zona sul, tocou para a categoria do Ensino Médio. A premiação também teve seu *upgrade* e os primeiros lugares de cada categoria ganharam notebooks, já os segundos e terceiros colocados, um Kindle[1].

No primeiro dia lotamos o evento com mais de 700 pessoas na plateia. O slam foi gigantesco! O professor Ricardo, que iniciou o slam na EMEF Carlos Manoel da Costa, na Zona Leste de São Paulo, mudou de escola e foi para EMEF Gastão Coutinho, na Zona Norte, e a escola venceu na categoria Fundamental II. A slampeã foi Francielly Cândida Rodrigues Nazaré, de 14 anos.

No segundo dia o espaço não lotou, mas mesmo assim teve muita gente que ficou mais concentrada. Os alunos do Ensino Médio são mais velhos e permaneceram até o fim focados nas poesias. A escola estadual José Talarico, da professora Jacqueline Bernardes, que iniciou o slam junto com a Cristina, do Colégio La Salle, levou o primeiro lugar com a brilhante apresentação da aluna Nicole Amaral, de 16 anos.

Pela primeira vez pudemos contar com o apoio e acompanhamento integral dos Poetas-Formadores no evento. Eles estiveram presentes o tempo todo assistindo a seus aprendizes e enlouqueceram seus fãs ao declamarem seus poemas. Algumas dessas celebridades tem seus poemas e performances em vídeos, disponíveis no YouTube, e possuem mais de 7 milhões de visualizações, como é o caso da Mariana Felix e Tawane Theodoro. As duas declamando juntas no Interescolar parecia um show de dupla sertaneja famosa.

Só que nem tudo são flores. O ano era 2019, ano que os historiadores terão muito trabalho para explicar... E os alunos não estavam apartados disso, afinal, são sujeitos históricos. Neste ano, algumas poesias apresentadas tematizaram ideias e ideologias contrárias às defendidas nos eventos de slams. Em algumas escolas, alunos escreveram textos poéticos enaltecendo explicitamente o presidente eleito, Jair Bolsonaro, e criticando de maneira preconceituosa o ex-presidente Lula e tudo o que ele representa(va): acesso a cotas, valorização dos negros, das mulheres, da comunidade LGBTQIA+ etc. Sentimos a polarização real da última eleição presidencial se refletir nas escolas. E isso nos preocupou bastante...

Um pai fez uma denúncia por escrito e a protocolou na ouvidoria da Secretaria de Educação dizendo que o grupo que visitou a escola de seu filho praticou apologia do racismo reverso. Para

1 *Kindle* é um leitor de livros digitais (um *e-reader*, da *Amazon*) que muito se parece com um *tablet*.

embasar seu argumento, utilizou um trecho da poesia de Beto Bellinati, que encontrou em um vídeo na internet. Vale a pena destacar que Beto, apesar de ser nosso amigo e um excelente poeta, nunca fez parte da nossa equipe de poetas-formadores, portanto, nunca esteve em nenhuma escola participante do Interescolar. O verso em questão é o seguinte:

*"Eu sou um homem branco, heterossexual e isso faz de mim um... bosta!!!"*

Assista você, leitor ou leitora, ao vídeo[2], e tire suas próprias conclusões.

Houve outro pai que ameaçou processar a professora, denunciando-a para a Secretaria de Educação. Alegou que estávamos doutrinando e obrigando os alunos a participarem de um movimento contrário aos princípios que aprenderam em casa. A gestão da escola se posicionou contra a professora que, por sua vez, não se intimidou, e pediu a ajuda de outros pais que não concordavam com a ameaça para juntos, elaborarem uma carta de apoio a ela. Assim conseguiram convencer a direção a autorizar a continuidade do projeto na escola.

Só para ficar em três exemplos, uma mãe formalizou uma denúncia na Diretoria de Ensino dizendo que sua filha foi obrigada a participar de uma atividade que tinham gritos de guerra contra o governo. E que as poesias diziam que os negros deveriam ser melhor reconhecidos que os brancos, já que sofreram mais. E então a mãe questionou:

*Qual o problema da minha filha em ser branca?*

E concluiu: *É uma pena que isso esteja ocorrendo na periferia.*

Resultado: Algumas diretoras de escola cancelaram a participação no Interescolar e alguns professores responderam a processos administrativos.

---

2 Beto Bellinati, Poesia: O Burguês que deu errado: https://www.youtube.com/watch?v=iOe2hCnnbqo

E por mais que no evento tivesse havido adesão de alguns aos discursos e práticas antidemocráticas, nenhum desses poetas sequer passou para a fase final. As meninas feministas salvaram o *Slam Interescolar de São Paulo de 2019*. Elas são o orgulho do nosso projeto! E nas duas categorias, ensino fundamental e médio, elas foram as campeãs.

*Coletivo Slam da Guilhermina*

# CURIOSIDADES:

- Esse foi o primeiro Interescolar com 100% de escolas públicas participantes.
- Essa edição não contou com a colaboração dos voluntários do Instituto Singularidades, como nos anos anteriores, mas o encontro formativo com os professores aconteceu no espaço do Instituto.
- Nenhuma mídia cobriu o evento.
- 80 escolas participaram do Slam Interescolar de São Paulo 2019.

VENCEDORA DO V SLAM INTERESCOLAR-SP

Sérgio Silva

**FRANCIELLY RODRIGUES**
14 ANOS
EMEF GASTÃO MOUTINHO
ENSINO FUNDAMENTAL II

## POVO LUTADOR E GUERREIRO

Onde esse mundo vai parar?
A minha mente já não aguenta
Tantas crueldades e massacres
Sendo considerados normais perante essa sociedade,
o mundo já não é inocente,
É só você olhar,
Quanta gente é explorada, humilhada e massacrada
a troco de nada,
Quer dizer a troco de um simples papel

Neste nosso século, um papel vale mais do que uma vida
E se você for uma vida de pele retinta,
o simples papel vale mais ainda.
Nesse jogo da vida, quem tem esse papel começa lá na frente,
enquanto a gente...
A gente é jogado de lado, como se fôssemos lixo,
mas não do reciclado
Descartados, tentam nos deixar calados,
Mas seguimos lutando sem hesitar,

Porque o povo preto tem um sonho,
como dizia Martin Luther King,
um dia a igualdade iremos alcançar
Quando escuto isso eu já até imagino,
Entrando em uma loja e o vendedor não me perseguindo
Ou até poder escutar “nossa, como seu cabelo tá lindo!”

Mesmo se ele não estiver liso
são tantas coisas que imagino,
Para alguns isso pode até parecer bobeira,
Mas para mim seria um sonho realizado
Eu e meu povo não sermos tratados
como marginais desempregados
E sim como o povo lutador e guerreiro que somos
Porque nunca desistimos ou deixamos de lutar

Mesmo quando falam que só servimos para ser empregado
e para faxinar
Lugar de preto é onde ele quiser
Não só na cadeia ou no cemitério
É por causa desse sistema sem critério
que me tira do sério
Que vou dar um salve na moral
Para esses políticos cara de pau
Peroba neles!

VENCEDORA DO V SLAM INTERESCOLAR-SP

Sérgio Silva

NICOLE DO AMARAL SERRA
16 ANOS
E.E. JOSÉ TALARICO
ENSINO MÉDIO

Vocês queriam alguém que
resolvesse o problema com a
própria mão,

mas não cogitaram o fato das
mãos estarem na verba da
educação.

Mataram gritando o nome de Deus

Mas isso se tornou hilário

Você planta ódio na vida

mas acha mesmo que vai pro céu
por 10% do seu salário???

Esconderam suas verdades atrás
de novelas e atores

Acredite nos rumores

Somos meros telespectadores
pensando assim como querem os
editores.

Maldita mídia social

Que nos faz pensar que o país
precisa de ditadores

Maldita rede social

Que faz com que nos sintamos
inferiores

E no final da história, somos
fantoches de narradores

Maldita mídia social que nos
faz pensar que a razão é
dos agressores.

Maldita rede social, que nos
vende a verdade de deputados
e senadores.

É o apartheid cultural, onde
não lembramos quem foram
nossos autores.

É o preconceito racial onde
esquecemos quem foram os
nossos locutores.

É a desigualdade intelectual,

que nos fez esquecer de todas as
greves dos professores.

E essa é a verdade, a verdade que
ninguém nega,

porque antes uma verdade que dói
do que uma mentira que cega.

JOÃO VITOR NOGUEIRA FERREIRA (JOW NOGUEIRA)
17 ANOS
E.E. TOMIE OHTAKE
ENSINO MÉDIO

## "De Lá Pra Cá"

O mal veio de caravela com
sobrenome Cabral diretamente
da Europa, vulgo: Portugal

Trazendo armas e fardas
convertendo e matando, isso
vem acontecendo há mais de
500 anos

Escravizando nosso povo, toda
uma nação; prefeito burguês
querendo trocar merenda
por ração

E a mesma arma que mata é a
mesma que converte, a mídia
manipula pra vocês "jogarem"
confete

Então confere, o caráter nos
caracteres, somos erro 404 no
programa desses vermes

Programa Matrix, mão de ferro
de Dom Pedro, mensagens
subliminares nas rimas que eu
escrevo

Fica atento no talento de quem
sempre foi atrasado, visão do
terceiro mundo dividido por
estados

Estatuto fracassado, estamos vivendo no filme "De Volta Pro Futuro" ou estamos revivendo o passado?

E vieram causando danos por debaixo do pano, guerra infinita sem "Thanos" no mapa não tinha opção de segundo plano

E minha missão é comparar o "clássico ao contemporâneo"

Mas não se confunda! Referência sem progressão aritmética "Cronos"

picotado nessa letra, nessa métrica

Minhas ideias estão na reta atravessando as cruzadas, alcançando e afetando as capitanias hereditárias

E eu escrevi uma carta descrevendo a chegada de GR no topo,

geração elevada, como fez Pero Vaz

Mas eu não sou de "Caminha"; leia só minha carta e veja só meu caminho

O nome do verso é: "De Lá Pra Cá"

E eu vim de lá pra cá, caneta "HK" fazendo rima... daqui pra cá

**FERNANDO ANGELIS**
14 ANOS
EMEF FIRMINO TIBÚRCIO DA COSTA
ENSINO FUNDAMENTAL II

Brasil tão grande e diverso
Mas não é isso que vou falar nos meus versos
Aqui é tanto ódio no coração
Na bandeira tem progresso
Mas o progresso do país tá no chão
Só com isso já poderia acabar
Mas tenho ainda tenho coisas pra falar
Tipo a ordem do país que ainda tem que começar

Brasil tem que ser do povo e é assim que eu gingo
Mas os políticos são baba ovo dos gringo
Ter um Brasil bom é quase impossível de existir
Se quiser mudança é melhor Jair
Pra bem longe da daqui

O hospital público é lotado
Pra ter um futuro bom só se for comprado
Os políticos são todos iguais só muda as caras de pau
Quando vejo senado lembro do conto Ali Babá e os
600 ladrões

Eles podem até ter dinheiro
Mas não têm postura
São só mais caras ricos
Acabando com a nossa cultura
Ele falam mentiras pra lá e pra cá
Eles fazem de tudo pra ganhar sua atenção
Eles mentem pra nação

Enquanto isso sobe a inflação
Isso é uma inflamação
E a falta de informação
Contamina a população
E a nação
Fica como segunda opção
Temos que fazer revolução
Aí então
Eles verão
Que vamos mudar a situação
Vamos batalhar com o coração
E acabar com esse tipo de ladrão
Tudo isso pelo futuro dos irmão

eu digo nesse verso
Que a rua não quer arma
A rua quer protesto
Os políticos podem achar isso tolice
E vamos protestar contra a sua própria burrice
Vamos fazer isso sim, tá ligado, meu irmão
Isso é a lei de liberdade de expressão

Tá cada dia mais difícil ver notícias na TV
De famílias sem moradias que não têm pra onde correr
Tudo isso por causa da política
E ainda chamam isso de vida
Isso não é viver
Na TV passa criança esperança
Mas na rua eu vejo crianças com lança
Na verdade o que reina é falta de esperança
E os pobres que tomam água sem refil
Isso não é um pesadelo, isso é o Brasil
Ahhh esqueci... eu não sei de nada, sou adolescente...
Quem sabe é você que votou no Bolsonaro!!!

ESTER GIANNINI
15 ANOS
E.E. NAIR OLEGÁRIO CAJUEIRO
ENSINO MÉDIO

"às vezes eu acho
que sou uma galinha d'angola
que fica gritando
TÔ FRACA, TÔ FRACA
pra ninguém acabar me machucando

mas aí eu paro e lembro
que "galinha", hoje em dia, é sinônimo de mulher
e o pior é que acaba sendo mesmo

somos galinhas criadas livres,
mas, uma hora ou outra,
acabamos indo para o cativeiro
comem nossa carne,
nossos filhos
e até nossos corações

ninguém sabe se temos doenças
se estamos estressadas
só empurram suas rações

às vezes eu acho que sou uma vaca
que só muge e come
rumina
rumino assuntos que estão me matando

eu mastigo e engulo
uma hora, eu vomito tudo
mas boto de volta na boca sem que ninguém veja
e mastigo até que meu maxilar demonstre alguma fraqueza

fraqueza devido aos socos que levei
quando me recusei a ir pro abate
fraqueza essa que tanto recusei
ao longo dos anos
evitando que alguém me mate

às vezes eu acho
que eu sou uma cadela
que só late, late, late
e ninguém dá trela

mas aí eu me lembro
que "cadela" agora, é sinônimo de mulher
e eu, sou uma cadela de rua
eu ladro, eu mordo, eu rasgo
e eles continuam a me querer nua

às vezes eu acho
que eu sou a Ester
uma garota de 15 anos
que tão jovem
teve que aprender a ser mulher

mas aí eu paro e penso
eu sou a Ester
eu tenho 16 anos
e não aprendi a ser mulher, não
eu nasci mulher

eu nasci galinha, vaca e cadela
representando a "fazenda"
que mora na favela"

**GIOVANA DA SILVA SOUZA**
**17 ANOS**
**ETEC DE HORTOLÂNDIA**
**ENSINO MÉDIO**

Me desculpa Carlos Drummond
de Andrade

porque hoje eu não trouxe nada
para pôr à mesa

a única coisa que carrego comigo
é a profunda tristeza

De saber que muitos
leem palavras

mas poucos entendem a beleza

Me desculpa Rachel de Queiroz

porque ainda não encontrei
minha telha de vidro

e eu te juro não é falta de amigo

não que eu tenha
muitas amizades

mas as que tenho são de verdade

aquelas que ardem no coração

aliás, ao terceiro MIB e Lari

minha eterna gratidão

Me desculpa Vinícius de Moraes

Porque nada mais me seduz

nos meus olhos já se perde a luz

que fez o outro se apaixonar.

E a falta de luz nos olhos meus

me faz jurar por Deus

que nunca mais me senti incendiar

Me desculpa Clarice Lispector

Porque quando você me disse
sobre a importância das pessoas

que passam pela minha vida

eu meio que me fiz de
desentendida

e segui todos os teus passos ao
contrário

eu sonhei com que eu queria ter

e não com que eu queria ser

sonhei até começar o pesadelo
que foi eu me perder

Me desculpa Manuel Bandeira

porque assim como você

eu escrevo desencantada,
desacreditada, amargurada

A verdade é que não saber quem
eu sou é um porre

por isso minha escrita é feita
como quem morre

Me desculpa Machado de Assis

mas quando olho para mim

não encontro poesia, nem viveza,

nem graça e muito menos alegria

eu encontro até um pouco de
melancolia

e me identifico com as almas
ressequidas

Na verdade, eu nem me procuro

Já me conformei com não saber o
que sou e estar perdida

Me desculpa Mário Quintana

mas pelo menos o teu conselho eu
segui

abri uma janela com meu poema

e por isso hoje, estou aqui

o ar que por ela entrou

não me fez descobrir o que sou

mas agora tenho esperança de
conseguir

esse ar tornou quase inexistente

a vontade de desistir

Me desculpa Cecília Meireles

se hoje eu não canto

não sou triste nem alegre

mas tem chorado tanto

As coisas não têm parecido certas

mas levo comigo tuas palavras

entendendo, enfim, que sou poeta

MARIANA DUARTE
15 ANOS
E.E. OSWALDO CATALANO
ENSINO MÉDIO

A periferia é pó
Com os lek que podia tá na escola
Mas tá na rua pedindo esmola
Tentando ganhar uns trocos
Vendendo bala no farol,
Debaixo daquele sol

Descalços,
No asfalto quente
Que queima a sola dos seus pés
Mas eles já nem sentem mais
Só querem pagar as contas
Já que não recebem ajuda nem do próprio pai
Que quando foi embora,
deixou a mãe cheia de conta
Para pagar.
E se o aluguel vencer
Eles não vão ter nem um barraco para morar

Tô aqui falando da vida soFRIDA
Mas pra falar do sistema eu jamais me KHALO

Porque a periferia é pó, e eles sabem
Branco de branco se pá é doutor
Mas preto de preto...
“Mãos pro alto”
Se pá é assalto (já dizia Kaya)

se ver um pivete usando droga

Já liga pra PM se achando o tal

Mas tu não falou nada da vez

que vê usou lança lá no baile do pantanal, né?

E é nesse verso que a história se desconstrói,

Porque vocês esquecem dos 80 tiros

E ainda chamam o exército

de herói

É que vocês tão brisando, mano

Presta mais atenção

Um dia plantaram arma,

Agora vão colher corpo no chão

Mas a vida não é

E eu até queria que fosse,

Um daqueles livros românticos do tipo John Green

O pai de família saiu para passear

E nem imaginou que ali seria seu fim

Então eu vim aqui, criticar mais a realidade

Porra, cês elegem o Dória

E agora reclamam de pagar 4,30 na passagem?

E em vez de resolver o caso daquele que se diz Deus

Mas se chama João

Ou de diminuir as estatísticas

Das minas abusadas no busão

Eles dão mais ibope

Pra Damares que diz que eu só posso usar rosa, mas azul não

Porque a periferia é pó(bre)

e pedimos pra que eles parem de cortar verbas

E invistam na educação

Mas vale muito mais a pena se preocupar

Com qual princesa a Elsa no final de Frozen 2 vai beijar

E falando nisso,

Eles querem censurar a nossa cultura

Mas eu ainda quero escrito poeta

Na minha sepultura

Ah e anota aí

A periferia é pó

Mas os meninos da minha quebrada são demais

Eles vão sair dessa vida, ficar tudo rico

E ainda vão voltar para mostrar para esses cu como é que faz

Pois hoje estamos porque poetas no topo

Mas dessa vez

Não aceitamos menos que o troco

E quando tudo isso acontecer

Estaremos aqui vivos pra provar

Que a escrita não só pode

Mas que ela vai nos salvar

Porque a periferia

É pó (esia)

GABRIEL MOURA
17 ANOS
ETEC BENTO QUIRINO
ENSINO MÉDIO

## Pai

Por que não é meu super-herói?
Por que ao invés de construir só destrói?
Por que não é presente?
Por favor pelo menos tente
Por que tinha que estragar tudo?
Por que tornou da minha vida um tumulto?
Por que não se esforça por mim?
Por que tem que ser assim?
Por que não está comigo?
Isso é quase um castigo
E eu não sei se consigo...
Por que não me ensinou a jogar bola?
Por que não me levou na escola?
Por que não viu minhas conquistas mundo afora?

Isso não importa... Não mais
No nome do meu "pai" já tá escrito um "aqui jaz"
Eu não choro mais na cama
Aprendi a entender Racionais, "Negro Drama"
"Uma negra e uma criança nos braços
Solitária na floresta de concreto e aço"
Mas que eu não tenho pai, nego até o fim
Como não tenho? Tenho pai sim!!
Me ensinou a curtir um pagode
A diferença é que é pai e mãe, usa saia e tem bigode
Foram nove meses sofridos para eu nascer
E ficar falando por nove meses não seria suficiente para agradecer
Na mesa nunca deixou faltar comida
Para eu nascer sofreu risco de vida

Sofrendo dentro daquele quarto
E mesmo assim não desistiu do parto
Os anjos assistiam de perto
E, ufa, deu tudo certo
Um milagre vindo do céu
Dê a ele um nome de anjo, Gabriel
Dizem que eu nasci graças a Deus, mas me acompanhe
Eu nasci graças a minha mãe!!
Agora presta atenção no desenvolvimento
Mesmo depois de todo sofrimento
O cara que se intitulava "pai" foi mó vacilão
Não queria cumprir sua própria obrigação
Eu queria ir atrás desse tiriça
Colocar ele na justiça

O meu "pai" não pagava pensão

Surgiu uma dúvida na minha cabeça então

"Mas mãe por que ele não ajuda de modo algum?"

"Por que eu quero provar para você que eu não dependo de homem nenhum!!"

E em seguida disse que me ama

Satisfação para guerreira que é minha mãe, dona Ana

Para finalizar e largar o microfone

Se eu for metade da mulher que é minha mãe, eu serei um grande homem

LUIZ ENRIQUE SOARES DE CARVALHO
14 ANOS
ESCOLA DE APLICAÇÃO DA FEUSP
ENSINO MÉDIO

## A utopia do louco

A utopia do louco é a mais próxima versão da perfeição,
E é por isso que o louco é o melhor usuário da imaginação!

Parece que o louco é capaz do inconcebível,
Porque procura o inimaginável.

E é por isso que o poeta é um louco,
O poeta busca o incompreensível, como se fosse um maníaco.

Quando subo no palco me sinto um pastor,
não de ovelhas, mas sim de leões livres!
Me sinto como se fosse um domador
e hoje vim domar seus ouvidos.

Sabe, poeta é chamado de louco porque não procura ter sentido...
Mas aí que está. A arte não precisa ter sentido, mas precisa ser sentida!

Um verso bem escrito é como um lance de futebol,
é um momento que não se repete...
Um momento onde nem mesmo o artista sabe direito o que fez.

Quer saber o porquê de eu chamar de utopia?
É porque nos versos da poesia o conceito de perfeição não existe,
Mas tudo depende do que você faria!

Eu enxergo seu rosto em cada vitrine,
em algum sentimento que não se define...
O orgulho de um homem é a prova de um crime sem perdão!

Às vezes eu paro e penso,
se as vidas de certos artistas não fossem tão trágicas,
Ainda sim seriam suas obras tão mágicas?

O louco nasce com um dom único, seu maior feito é seu maior fardo.

Escolher fazer arte pode ser um tiro no pé,
mas para parar de fazê-la, só com um tiro no peito, como Van Gogh!

Às vezes parece que o artista busca a morte
Como se fosse ela sua única redenção cabível!
Parece que cada emoção afeta mais o poeta,
porque o poeta é mais sensível,
mas é essa sensibilidade que lhe concede intensidade!

Existem vezes que é preciso ser mais agressivo
como Mike Tyson ou Tupac,
É claro que se Tupac não fosse tão intenso e agressivo,
talvez ainda estivesse vivo, porém seria o mesmo Tupac?

JESSICA BRITO REIS DE MEDEIROS
14 ANOS
EMEF PROFESSOR RIVADÁVIA MARQUES JUNIOR
ENSINO FUNDAMENTAL II

## Desculpa

Me desculpa, mãe
Não vou chegar em casa hoje.
Não porque eu não quero,
mas porque decidiram por mim, pelo meu destino.

Vejo meu futuro distante,
é como se eu quisesse alcançá-lo com as mãos,
Mas eles o arrancaram de mim

Sei que será difícil para você depois do que aconteceu,
Sei que se lembrará das minhas risadas em todos os cantos,
Das minhas danças desengonçadas pela casa
E do meu sorriso que era tão igual ao seu.

Espero que você não se lembre de mim assim, quebrada,
porque eu não era assim,
Me desculpe por não estar aí com você.
Não foi sua culpa por me deixar sair,
não fique se martirizando por isso.

Lute por mim com unhas e dentes,
Grite até sua garganta doer,
Lute,
Mas nunca desista.

Faça justiça por mim
e por outras garotas que também passaram por isso
Eu sei que não fui a primeira
E que também não serei a última.

AMANDA LOPES
14 ANOS
E.E. PADRE FRANCISCO JOÃO DE AZEVEDO
ENSINO FUNDAMENTAL II

## Escola...

Escrever, aprender, estudar...ISSO ESTUDAR
Mas parece que o governo não sabe,
vocês viram a cota que foi para chegar o material escolar?

E ó, eu sei...eu sei estudante que não é culpa da escola,
muito pelo contrário,
a culpa é do veredito que elegeram que é um irresponsável
Idiotas úteis? Não, senhor, somos unidos pela inclusão
Até morrer a nossa maior arma vai ser educação!!

A minha geração vai ser o futuro da pátria, sim
e ai de quem reclamar
Que quem vai mandar nesse Brasil
ainda vai ser escola, direção, aluno e professora!

Eles querem saber quem é que faz
Então me espere duvidar e mostre que você é capaz...
O probl... não perdão, a qualidade da nossa geração
É que a gente brota sem medo,
hoje o governo não dá educação
porque sabe que a educação derruba o governo!

Você sabe qual é a maior medo do governo?
É a caneta, o lápis, a poesia, o conhecimento,
e o LIVRO que a gente pega, engatilha...
e aponta na cara do mito.

KAUAN ANGELO
16 ANOS
E.E. LEVI CARNEIRO
ENSINO MÉDIO

## Fim de tarde

É tão clichê eu falar da gente
Mas sempre que eu falo da gente
Alguma coisa me comove

Parte da minha vida foi a insanidade
e nossas lembranças em um fim de tarde
é o que realmente me socorre

Só para pra pensar
Quantas das vezes tive que fazer isso?
Eu vivi vendo toda minha vida se desgastar
Não sei se isso é um sonho ou pesadelo
Saber que durmo só pra fugir de ti
mas meu subconsciente insiste em te encontrar.

Sou péssimo em expor o que eu sinto,
por isso que eu não estouro e eu falei nos dois sentidos.
Eu sou um péssimo poeta e um esforçado MC,
para quem tem bons ouvidos.

O que seria de mim se não fosse a caneta?
O que seria do meu sono se não fossem os tarja Preta?

E...

Eu fiz a minha pior parte ser aquilo que enxergam
ao notarem minha presença.
Afinal algo me tirou o que era bom,
e por isso não faço poesia, eu vivo "poesistência".

Parte da minha existência é falar sobre o que eu vivo
Por isso muitas das vezes eles me chamam de insensível.

Mas não me estenderam a mão
quando estava na beira do abismo
Talvez eu vivo por isso.

Falo tanto das minhas dores que minha caneta tá cansada
Muitas das vezes só ela sabia o que eu carregava

Eu fiz muito mais do que carregar pesos no corpo,
cortei o cabelo ontem pra não cortar meu pescoço

## JOYCE ALVES FIGUEIREDO DE BRITO

15 ANOS
EMEF BARTOLOMEU CAMPOS DE QUEIROZ
ENSINO FUNDAMENTAL II

A saudade vai trazer dor,

mas eu nunca vou esquecer, no
que essa escola me fez ser,

eu vou viver, conhecer outro lugar,

mas eu nunca vou encontrar outro
preferido,

eu criei raízes, e como eu não
esqueço da minha quebrada,

eu não esqueço do que cê me
ensinou a ser, Bartô, eu vou
lembrar de você.

Tem gente que quer te matar, mal
sabem eles,

que se Bartô morrer amanhã, volta
depois de amanhã voando igual fênix,

essa história nóis mantém, de ano
em ano a gente brilha com vitória,

tem muito mais história pra essa
escola e eu aprendi!

Eu aprendi, JUREMA CARLA, sei
quem sou sem medo de nada,

ir contra o sistema, cara, cê é a
mulher mais foda dessa história,

eu aprendi, ESTEVÃO, sonhar e me
expressar com uma folha e caneta,

escrever a minha história em forma
de poema, eu aprendi, CELMA,

independente da sua idade ter
ousadia o bastante pra viver

o que você quer com doses de
intensidade,

eu aprendi, FERNANDO, tomar
café sem açúcar,

ser o mais sorridente possível, e
adoçar a vida com boas risadas,

eu aprendi, MARCELO, a dar
conselhos ótimos,

sobre problemas amorosos de
uma aluna desesperada,

eu aprendi, BRUNO, debochar de
quase tudo,

viver o hoje como se não tivesse
futuro, e sei lá, como ele diz,

não deu pra resolver, deixa pra lá,
eu aprendi, DANIELA,

ser calmaria na tempestade, eu
aprendi, MAYARA,

ser forte mesmo sem condições,

eu aprendi, ESTEFANI, a gente
pode gostar ou amar o diferente,

como Raízes do Abaeté que me
abraçou incondicionalmente,

eu aprendi, PRISCILA, a melhor
arma é meu conhecimento e minha
rima,

eu aprendi, JULINHA, acordar rindo
todo dia,

eu aprendi, ANDRÉ, paz,
sinceridade onde você estiver.

Vai ser difícil ir embora, acabar mais um episódio,

eu só tô mais relaxada

porque mesmo que sejam em caminhos diferentes,

os mesmos personagens vão estar na segunda temporada,

a série não acaba agora,

nem ano que vem, nem em 2050,

algo pra viver lá na frente eu sei que a gente tem.

Eu tenho segurança no colo de vocês,

essa escola sabe de mim,

sabe quem sou eu, tudo pra mim é importante nela

e por isso eu levanto as mãos pro céu

e agradeço a Deus por fazer parte dela.

Eu juntei o melhor com melhor, tipo um flow CR e MESSI,

se tiver na minha ideia, sabe do que eu tô falando,

um brinde a nossa luta e na vitória dessa história.

Eu agradeço a tudo isso pelo o que lutamos,

fazendo mais do que podia pra dar certo, vai ficar gravado,

Bartolomeu é grão mais intenso desse deserto.

Então perdeu, perdeu, SLAM DO BARTOLOMEU.

BEATRIZ CARDOSO
17 ANOS
E.E. PROFESSOR DOGIVAL BARROS GOMES
ENSINO MÉDIO

## Pretos no topo, né, fio?

Mas que topo, porque eu infelizmente só vejo preto morto,
e baleado sem se questionarem se ele era o culpado

Não aguento mais só ver preto como escravo ou empregada da casa na novela

Essa bosta de servir e proteger é apenas para classe média, de pele clara
e nunca pisou numa favela

Cagaram pra nossa vida e pro nosso sentimento
Tiraram nossos sonhos com 80 tiros
e no final apenas disseram "Eu confundi, lamento"

Essa é a consequência do racismo tio
Porque em terra de preto, todo guarda-chuva é fuzil

E cês quer saber a minha visão?
Minha visão é a indignação!
É a raiva, o medo, a opressão

É sair na rua e não saber se vou conseguir chegar em casa viva ou não
É estar de saco cheio dos olhares de desprezo que lançam
contra o meu cabelo, minha cultura, meus traços
E vocês ainda esperam que eu fique de braços cruzados?

NÃO

Estamos falando de vidas, histórias,
Reis, rainhas, Zumbi, Quilombos, Dandara, irmão

Tô aqui pra apontar o erro mesmo,
porque vocês estão manchando o meu legado
Torturaram, chicotearam uma criança,
por causa de um chocolate naquele lixo de supermercado

E diferente de vocês nós não vamos ficar calados

FOGO NOS RACISTAS SIM e um salve para os aliados

E de verdade
espero que tudo que eu tenha dito, não tenha sido em vão
E que comece agora a nossa REVOLUÇÃO

MAYARA JARBITHA
17 ANOS
E.E. PROFESSOR LUÍS MAGALHÃES DE ARAÚJO
ENSINO MÉDIO

apresso o passo
a cada esquina que eu ultrapasso
não sei se tem um homem pra me atacar
a cada dia
de noite ou na luz sombria
o medo vem me assombrar
a cada vila
rua, bar ou esquina
uma mulher pode ser morta

o medo bate até na porta
a desculpa pro crime
é que ela não se comporta
se engravida no ato da violação
o aborto não é opção
é contradição à religião
Jesus levará ela pro inferno então?

a dominação de corpos femininos lhes conforta
o berço masculino preparado pra homens nos assola
o sistema opressor nos açoita
tamo cansada desses discursos hipócritas

vidas de mulheres transcritas
matança explícita
crimes em pastas implícitas
a polícia não liga
se liga
mata, estupra
e faz parte de um sistema genocida

cês mata mulher igual brinca de ciranda cirandinha

vamo te assediar

se você abrir a boca

é capaz nóis te matar

fazem piadas com as pauta das mina

usa o que tem no meio das perna pra querer ensinar o que é disciplina

falam tanto de boa conduta

mas esperam mulher se embebedar pra abusar dela

e depois chamar ela de puta

a masculinidade de vocês é bruta

e é por isso que eu não entendo a fragilidade de vocês pra escuta

mastiga, mastiga seu machismo velado

engole, engole esse seu ego inflado

digere as estruturas do patriarcado

e não, você não foi mal interpretado

não, não venha com sua prepotência me dizer que estou errada

não queira me fazer de dissimulada

não tente me convencer de que sou culpada

porque minha posição me fez andar sempre muito bem calibrada

ouvi dizer que meu discurso é
muito agressivo

mas me diz se nascendo mulher
tem como revidar isso?

eu duvido

o respeito pelas mulheres

é um personagem fictício

que morre todos os dias

e nos outros se permanece vivo

pra ser morto novamente por esse
respeito ilusionista

então, pense quatro milhões de
vezes antes de falar que eu tô
sendo agressiva

porque esse é o número de
mulheres que morrem por ano de
acordo com as pesquisas

e se eu parar pra pensar em ser
mais passiva

quando eu sair daqui é capaz de eu
fazer parte dessa estatística.

reflita

**VITOR LUIZ DE OLIVEIRA NETO**
15 ANOS
E.E. PROFESSOR ASTROGILDO ARRUDA
ENSINO MÉDIO

Penso logo existo,

no governo igualitário acreditaram
na fábula de um mito.

Sem empecilho seguindo a...
métrica,

mais uma vez no mesmo erro,
oficiais queimam florestas.

É oficial, saiu até no jornal e... não
tão longe o corte da verba federal.

Foi o corte no seu senso,

mais uma vez árvores cortadas,
índios fogem... É o medo.

O lampejo! De uma revolução;
preparem suas armas,

o Planalto é nossa direção.

Armado já estou engatilhando
minha caneta,

carregado de ideias começo
minha faceta.

Apontei na cara da corrupção, aqui é
guerra de palavras

e quem não tem o dito conhecimento,
se garante na mão.

Muita calma, já pensei e existi,

onde já se viu quem tá lá fora se
importando mais do que quem tá aqui?

Foi o efeito colateral que causou a
sequela,

eles te oferecem o céu, mas não te
dão um paraquedas.

Ser ou não ser, mas... ninguém liga pra
questão,

famoso resquício da ditadura, não faz
pergunta se não...

Pow, Pow, mais um morto no chão.

Confúcio, e suas ideias continuo
imaginando;

é a confusão em qualquer viela
onde a bala não tem preferência
pelo branco.

É pelo preto; tá jorrando seu
preconceito,

virou doença populacional, seu
antídoto?

poesia injetada na mente

pra entupir seu pensamento boçal.

O cataclisma se instalando, até
cego já conseguiu ver,

o genocídio da população preta,
mas isso não vi na TV.

A coisa tá preta, queimaram
nosso verde da bandeira,

voltamos no tempo, índios ainda
fogem de suas florestas;

os ancestrais perdem suas terras,

não há mais volta, a hipocrisia
tomou essa era.

Então se a coisa tá preta, eu deixo
algo bem claro,

é com ideias que se vencem
guerras,

não espancando professor na
porta do senado.

Elaborado! A cena, imagine a cena,

mas guardem com muita atenção
o que aqui foi dito,

sem menos nem mais,

pois vos deixo bem claro:
Amazônia fica, Bolsonaro sai.

RAPHHAEL GALVÃO
15 ANOS
EMEF PROFESSORA MARISA MORETTI CÂMARA
ENSINO FUNDAMENTAL II

Pátria amada
verde, amarelo e azul.
Mas o Brasil tem a pior educação do Mercosul.

Pátria amada,
mas policial não pode ver negro se não o maltrata.

Terra adorada, mas mulher
não pode passar na rua
se não é julgada.

Verás que um filho teu
não foge à luta,
mas não pode ver alguém
que pensa diferente
se não até o chuta.

Dentre outras mil
és tu Brasil,
grande feitora de fake news.

De amor e de esperança
a terra desce,
mas taxa de mortes
só engrandece.

Conseguimos conquistar
com braços fortes, entretanto para viver dependo de minha sorte.

Desafia o nosso peito a própria morte,
uns têm terno
e outros tem nem shorts.

Em teu seio, ó liberdade!
Porém como ser livre
Com tanta desigualdade?

# MURAL

Slam Interescolar
Achilles De Oliveira, Almirante Cu...
acomodou muito bem a todos
11:36
A dinâmica do slam perfeita, tudo muito ágil
11:37
Foi uma experiência incrível para todos nós , não apenas para os alunos. Saí de lá com a energia renovada para.continuar minha batalha diária na escola onde.leciono para que rompamos esse.modo de educar eurocêntrico, que ignora nossa realidade, que ignora nossos talentos, que ignora nossa história .
11:39
Só sei de uma coisa: ano que vem estaremos lá!!!!!!
11:39
11:39
Oliver Oliveira
Digite uma men...
Slam Interescolar
Achilles De Oliveira, Almirante Cu...
11:35
Slam da Guilhermina , Cris, Chapéu, Emerson e todos da organização : foi maravilhoso. Eu não tenho nada a acrescentar , só agradecer
11:36
O lugar excelente, espaçoso, acomodou muito bem a todos
11:36
A dinâmica do slam perfeita, tudo muito ágil
11:37
Foi uma experiência incrível para todos nós , não apenas para os alunos. Saí de lá com a energia renovada para.continuar minha batalha diária na escola onde.leciono para que rompamos esse.modo de educar eurocêntrico, que ignora nossa realidade, que ignora nossos talentos, que ignora nossa história .
11:39
Digite uma men...
Slam Interescolar
Achilles De Oliveira, Almirante Cu...
17:03
EMEF Paulo Duarte - Cristiane
Rivadávia Marques - Dhiancarlo
Queria aproveitar pra falar pra todo mundo que, assim como o Slam tem mudado a vida de nossos alunos e a...
Sim, concordo com suas colocações. Fazer este trabalho na escola foi algo incrível e de verdade não imagina o impacto que isso trouxe na vida dos alunos e na minha. Comecei agora a inserir o slam na outra escola que trabalho, e me surpreendi positivamente de novo. Ano que vem serão as duas inscritas!!!
17:08
Rivadávia Marques - Dhiancarlo
E mais... É muito legal conhecer o povo desse ambiente maravilhoso: o Emerson, a Cris
Digite uma men...
Slam Interescolar
Achilles De Oliveira, Almirante Cu...
Luís Magalhães - Alexandre
Obrigado mais uma vez a todos! Mais um evento lindo e cheio de alegrias. Toda a rapaziada do MAGA SLAM manda um abraço enorme a todos!
21:59
E. E. Jorge Luís - Lílian
Tudo maravilhoso
22:27
E. E. Cidade De Hiroshima - Aline
Parabéns a todos, foi lindo demais!
22:41
Vicente Rao - Alcione
Sensacional
22:53
22:53
Digite uma men...

Slam Interescolar
Achilles De Oliveira, Almirante Cu...
Rivadávia Marques - Dhiancarlo
Cristina Assunc
Lembro-me quando recebi o convite para ser uma poeta formadora. Mas hoje me deparei com a foto do ...
Que lindo depoimento!!! 16:47
Queria aproveitar pra falar pra todo mundo que, assim como o Slam tem mudado a vida de nossos alunos e alunas, ele também tem feito o mesmo comigo (e imagino que isso ocorra com todos aqui). Desde lá atrás quando fui apresentado a este ambiente pelo Ricardo Nakanishi passando pelo momento em que meti as caras pra introduzir o Slam do Riva até chegar ao instante de ver meninas de nossa escola estampando foto e reportagem na Folha de São Paulo (participando de eventos
Digite uma men...
Slam Interescolar
Achilles De Oliveira, Almirante Cu...
Enfim, em Campinas! 21:06
Oswaldo Catalano - Rosana
21:09
Aplicação Feusp - Maíra
Enfim, no Butantã! 21:19
Ai, gente. Que lindo!!! 21:20
Queria slam dxs prô!!! Quero batalhar tb.... 21:21
E. E. Paulo Egydio - Pamela
Gente, que lindeza o dia de hoje... o processo todo! Obrigada!!! 21:30
Osvaldo Aranha - Vagner
Parabéns para todos e todas... Grande evento!! 21:34
Digite uma men...
Slam Interescolar
Achilles De Oliveira, Almirante Cu...
troféus, vimos os jovens se ouvindo e se respeitando e isso se tornou ainda mais importante quando saiu do papel: do projeto pra realidade, lembro de quantas vezes chorei me emocionando com os jovens e as jovens em uma tarde e como toda experiência foi incrível, a vida de uma poeta formadora tem tantas crônicas que daria um livro. Obrigada! Por nos ensinarem que sonho vale ouro e não realiza-lo vale menos que prata. Vida longa Slam Interescolar! A vida é melhor vivida quando a gente sabe que a poesia muda o ambiente escolar, traz mais empatia, respeito. E que lindo ver todas e todos vocês juntos torcendo. Ano que vem tem mais, e que vocês possam compartilhar conhecimentos e poesias com seus iguais! Multipliquem a missão, o mundo
Digite uma men...
Slam Interescolar
Achilles De Oliveira, Almirante Cu...
bem como é estar do outro lado 22:46
EMEF Gastão Moutinho - Ricardo
Agradecimentos especiais á Cris Assunção, Emerson Alcalde e Chapeu Uilian.
Quem sempre é a Poesia, e sobretudo xs alunxs! Salve Slam da Guilhermina sem vcs jamais teríamos a possibilidade de sonho com um evento desse porte, Muito Obrigado!!! TMJ!!! 22:49
*quem sempre ganha 22:51
Silvani - Ciclo Formativo
Foi lindoooo! Saímos muito felizes e agradecidxs! Até a próxima! E axé pra quem vai competir amanhã! 22:51
Cristina Assunc
EMEF Gastão Moutinho - Ricardo
Digite uma men...
Slam Interescolar
Achilles De Oliveira, Almirante Cu...
19:19
EMEF da Juta - Leni Alzira
Muito, muito, muito feliz em ver meninas e meninos tão empolados! Esse evento encheu meu coração de esperança! 19:19
EMEF Guilherme De Almeida - Ellen
Foi lindo! Não fiquei até o final por motivos maiores. Mas o grupo voltou tão empolgado que vieram fazendo competição de rima e declamando os poemas q tinham... Não tem como sair, sem se sentir motivada, feliz, renovada e provocada a fazer coisas melhores 19:24
Sair sem 19:25
EMEF Marisa Moretti - Vanessa
EMEF Guilherme De Almeida - Ellen
Foi lindo! Não fiquei até o final por
Digite uma men...

# GALERIA:

Sérgio Silva

Sérgio Silva

Sérgio Silva

Sérgio Silva

Sérgio Silva

Sérgio Silva

Sérgio Silva

Sérgio Silva

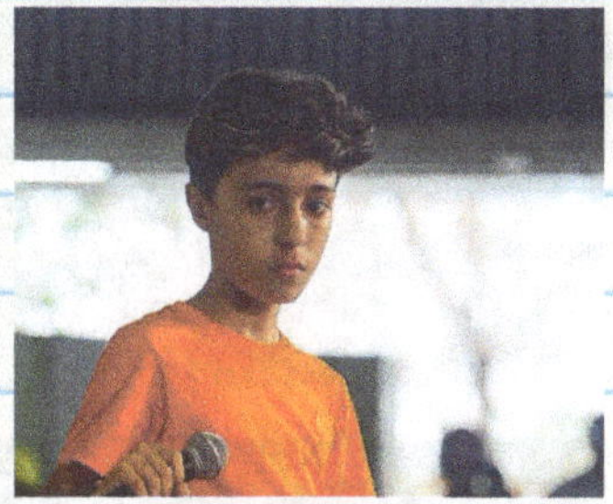

Sérgio Silva

Sérgio Silva

Sérgio Silva

Sérgio Silva

Sérgio Silva

Sérgio Silva

Sérgio Silva

Sérgio Silva

Sérgio Silva

Sérgio Silva

Sérgio Silva

Sérgio Silva

Sérgio Silva

# LOCALIZAÇÃO DAS ESCOLAS PARTICIPANTES DE 2019

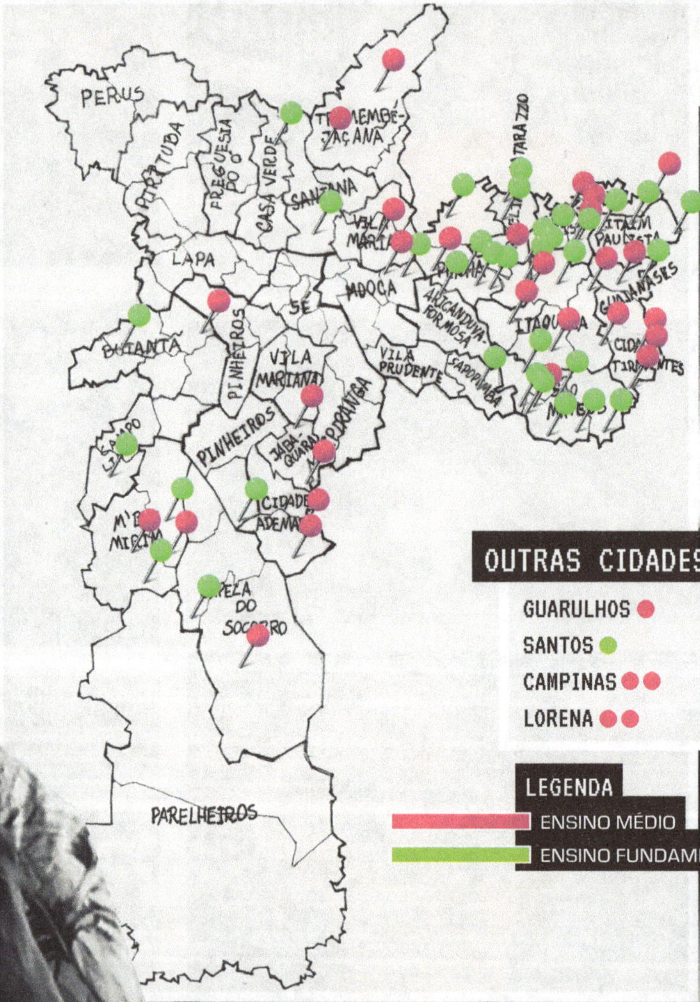


## OUTRAS CIDADES

- GUARULHOS ●
- SANTOS ●
- CAMPINAS ●●
- LORENA ●●

## LEGENDA

- ENSINO MÉDIO
- ENSINO FUNDAMENTAL II

Sérgio Silva

# RAIO X

## PARTICIPAÇÃO ENTRE MENINOS E MENINAS

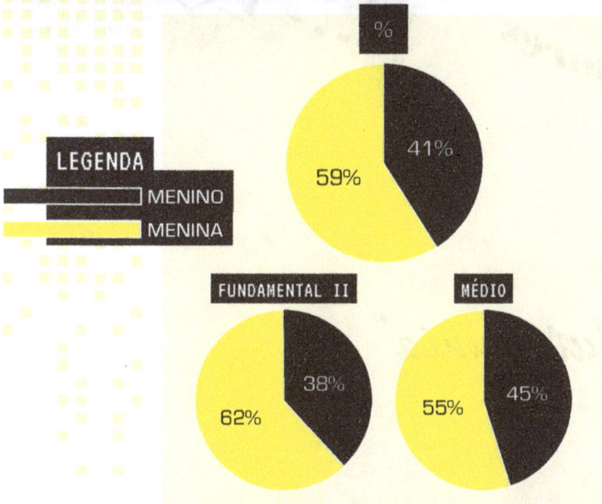


## ESCOLAS PÚBLICAS E PARTICULARES

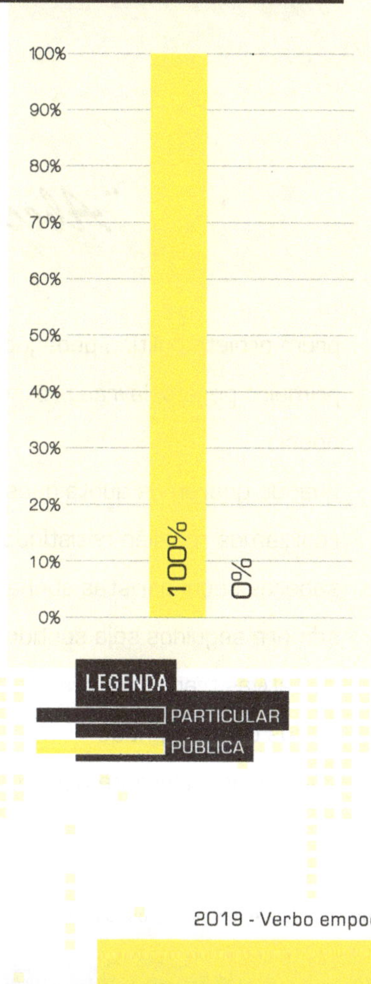


## ESCOLAS DE ENSINO FUNDAMENTAL II E MÉDIO

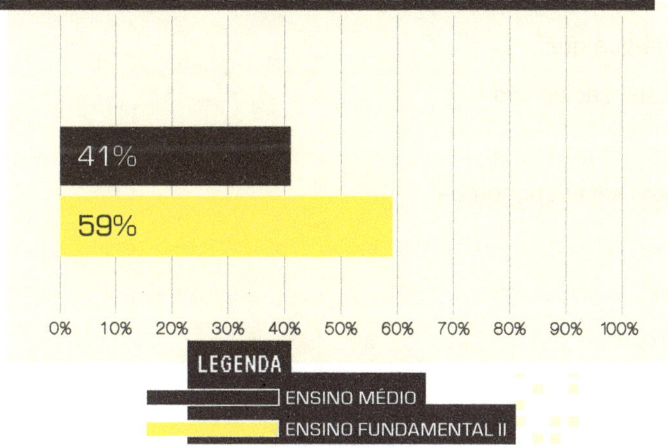

# HOMENAGEM às professoras e aos professores

## "Abecedário da Autonomia"

prum projeto político-pedagógico progressista
primeiro pego palavras próximas
poesia
quando queremos quota questionam quá-quá-quá
realizamos rebelião resistindo retrocesso reacionário
saberes secundaristas sonhados
sempre seguidos seja sentido samambaia seja sapopemba
tentativas transitivas travam trabalho
temos testemunhado
tratamento tolerante transformam todxs

unir uns utópicos urgentemente
ultrapassando unção ufanista utilizando unidade universal
veredando via verborragia vendo violência vitimando vocês vivas vastas valentes
xenofóbicos xingam: xilogravuras, xamãs, xangôs
zumbi zarpando zepelim zelando zoom

alfabetizar amorosamente alcança amadurecimento
aprendiz acolhido atingindo assunção assumindo autonomia
beabá bancário, basta! burocratização baronesa
botando baderna, bradando: bando bolivariano
competências curriculares consultando comunidades coparticipando
construindo conhecimentos críticos com curiosidade
docentes dispostos dialogando democraticamente
dignificando discentes descrentes dos direitos disponíveis

emocionante escolas educando epistemologicamente
esperançosos exigindo ética, ética é estética
formadoras formadores freireanos falas fundamentais
formulações fatalistas, fenece, fórmula farisaica
gestão genocida gera grupos gentrificados
greves, guardas, gás, golpes, gol
humanos históricos hoje habitando holisticamente
havendo humildade habilidades híbridas humanizarão
indago: in impeachment inexiste ideologia?

justiça jeitinho
jogral jovens juntos
lendo letreiros, lugares, leva levantes latinos
linguagem lírica liberta lapida
memorização: método mecanicista maligno
melhoraram magistério mas ministérios malvados mercantilizaram
neoliberais negaram nivelamento nacional
não noticiam neutralmente
negligenciam nossas narrativas
obstruiremos obstáculos obscuros
ofuscando o ódio. opressores omissos
ordenamos ouçam os oprimidos

*do P ao Ó*

*descontruindo o abecedário*

*através da metodologia de Paulo Freire construiremos um mundo melhor*

*(Para a série documental "Paulo Freire, um homem no mundo"*
*– episódio "O mundo não é, está sendo".*
*Direção Cristiano Burlan. SESC TV.)*

Por Emerson Alcalde

# CAPÍTULO 6

Legant

# PEDAGOGIA DO SLAM

- *Workshop com professores*
- *Ciclo formativo*
- *Poetas-formadores*

## WORKSHOP COM PROFESSORES

Quem desenvolve o projeto do slam na escola são os professores e as professoras. São eles e elas que tocam o projeto e convencem a coordenação e os alunos da importância desse instrumento pedagógico. Na maioria dos casos os professores não são poetas, alguns já assistiram a uma batalha de poesias ou outra, mas dedicam-se à arte de lecionar e empoderar seus alunos. Logo, a primeira ação do Coletivo, após cada inscrição de uma escola em nosso projeto, é convocar os professores dessas escolas para um encontro formativo. Nesse encontro, narramos a história do slam, falamos da sua chegada ao Brasil, ressaltamos a importância do Slam da Guilhermina, segundo slam do Brasil, que levou a poesia a ocupar o espaço público e, por fim, explicamos sobre o funcionamento do Interescolar propriamente dito, utilizando textos, fotos, poemas, vídeos das edições anteriores do evento.

Os encontros são divididos em duas partes: a primeira se concentra na explicação do conceito slam e sua história, e a segunda se dedica ao diálogo com os professores que, por sua vez, relatam suas experiências com a poesia, expõem suas dúvidas sobre o campeonato, solicitam ajuda e outras informações. Nesse dia também ocorre o sorteio da ordem de apresentações do Slam Interescolar e a distribuição do material de apoio no formato de zine, intitulado: "Pequeno manual para a criação do slam na sua escola".

Antes de tudo, vale dizer que esses encontros servem para nos aproximar, criando um laço de relação humana, pois para o Coletivo Slam da Guilhermina, o slam, além de resistência, é também CONVIVÊNCIA. Esse contato mais próximo com o professor e com a escola participantes é um passo imprescindível para tal.

# CICLO FORMATIVO SLAM

O Ciclo Formativo Slam nasceu com o objetivo inicial de oferecer aos poetas-slammers oficinas para o aprimoramento de seus desempenhos nos torneios de poesia falada. Depois de iniciado o projeto do Interescolar, nosso Coletivo entendeu que essa formação também seria essencial tanto para os Poetas-Formadores quanto para os professores das escolas participantes. Dessa forma, metade das vagas para o Ciclo Formativo, que oferecemos a cada ano , destina-se aos Poetas-Formadores e professores, e a outra metade ao público geral, cuja inscrição é feita via carta de interesse. A adesão de poetas-slammers tem sido baixa em relação aos demais interessados.

O curso é dividido em quatro eixos temáticos: Escrita, Corpo, Voz e Performance. Em cada encontro desenvolvemos habilidades diferentes que se inter-relacionam para a construção de uma apresentação poética.

A primeira oficina é a de escrita, ministrada pelo poeta e professor da rede pública, Daniel GTR, que desenvolve exercícios de rimas e ritmo pensando na poesia oral. A segunda é a oficina de voz, com o poeta e músico Lucas Barbosa, que trabalha exercícios de respiração, articulação, e de introdução ao canto, partindo dos textos escritos no primeiro encontro. A terceira oficina é a de corpo, com o dançarino Douglas Iesus, da Companhia Fragmento Urbano, que faz provocações para estimular a percepção do próprio corpo e do corpo do outro, além de exercícios de consciência e expressão corporais, acompanhado pelo ritmo de tambores. E, para finalizar, a oficina de performance, com o poeta e ator Beto Bellinati, organizador do Slam da Roça, que se propõe a unir todas as habilidades e técnicas dos encontros anteriores em um trabalho prático de materialização corpórea da poesia .

Legant

Legant

Legant

Legant

# POETAS-FORMADORES

Conforme já mencionado em capítulos anteriores, o trabalho dos poetas-formadores já existia de um modo espontâneo. Os slammers iam às escolas para se apresentarem a convite do Coletivo ou, até mesmo, a convite dos próprios professores, que sentiam a necessidade da presença de alguém que participasse efetivamente de eventos de slams para assim estimular a adesão dos alunos. Porém, fizemos uma autocrítica e constatamos que tudo isso vinha sendo feito de uma maneira muito solta e desarticulada, portanto, era preciso vincular esse trabalho dos poetas-formadores a um projeto e a uma metodologia, para assim poder atingir um resultado mais amplo e equilibrado. Por essa razão, o Coletivo decidiu sistematizar a formação desenvolvida pelos poetas-slammers nas escolas, para isso, baseou-se na escuta dos relatos dos próprios poetas e dos professores participantes, bem como em pesquisas dessas práticas formativas em outros países. Foi daí que surgiu o conceito Poeta-Formador e a sua função foi definida e instituída pelo nosso Coletivo.

A FLUP, a festa literária das periferias, importou para o seu Slam Intercolegial a metodologia da escola de Poesia Falada da Inglaterra, a chamada *Apples and Snakes* (tradução: *Maçãs e Serpentes*). A experiência carioca pode ser conferida no texto de Júlio Ludemir no próximo capítulo. No Reino Unido, os slammers trabalham nas escolas ensinando poesia oral, ou seja, lá, ser poeta-formador é uma profissão. Quando o nosso Coletivo tomou conhecimento disso, logo vislumbrou a possibilidade de ser esse o canal para a profissionalização dos poetas-slammers como também educadores no Brasil. Nos sentimos encorajados com essa ideia e pensamos em dar essa função aos poetas-formadores, começando pequeno, dentro do nosso Interescolar paulista.

Inicialmente, foram escolhidos nove poetas para essa missão. Eles atuariam nas escolas como agentes de letramento contribuindo para a apropriação literária dos participantes . Optamos por chamar pessoas próximas do nosso Coletivo, pois para começar teríamos que ter uma relação de parceria e não uma relação de trabalho institucional, e então aprenderíamos juntos. Vale a pena lembrar que os saraus abriram caminho para o slam adentrar as escolas. Quando o Coletivo menciona saraus se refere aos saraus periféricos como o da Cooperifa, o do Binho, o do Elo da Corrente, o da Brasa etc. Boa parte desses poetas frequentadores de saraus já desenvolvia trabalho nas escolas, mas não de um modo permanente. A criação da função poetas-formadores seria novidade para nós, para eles e para as escolas.

Em 2019, os futuros poetas-formadores passaram então pelo Ciclo Formativo, por encontros com a equipe organizadora do Interescolar e, em seguida, foram geograficamente distribuídos nas escolas pelo poeta-carteiro Cleyton Mendes, de acordo com o território onde habitam. Assim, os poetas-formadores se identificariam mais com os participantes da escola em que iriam atuar e se sentiriam mais legitimados para convidar, quem sabe, professores e estudantes para os eventos de slams que costumam organizar em suas quebradas. Apesar de todo esse cuidado de Cleyton, muitos deles acabaram sendo deslocados para regiões extremamente opostas de onde moram, até porque a maioria das escolas que participa do *Slam Interescolar* está localizada na região da Zona Leste de São Paulo. Esse intercâmbio com certeza proporcionou novos desafios!

Cada poeta ficou responsável por oito escolas e em cada uma delas fez duas visitas. Na primeira para realizar uma oficina e na segunda para realizar o campeonato escolar propriamente dito. A cada visita, sempre o diálogo com o professor e o respeito com as necessidades de cada realidade escolar. Em algumas escolas, por exemplo, o poeta-formador teve que ser um dos jurados, em outra fez a vez do apresentador, ou simplesmente precisou assumir a calibragem das notas e ainda auxiliar na produção do evento. Foi desse modo que, pela primeira vez, conseguimos estar presentes em todas as escolas participantes do Interescolar e exercer uma pedagogia unificada.

# POETAS-FORMADORES

Ed Antunes

BEKÁ

**Cara, muito obrigado por isso. Slc**

**A única coisa ruim desse projeto é que "acabou"**

BEKÁ é poeta e MC. Tem 27 anos, e é cria da Zona Leste de São Paulo. Foi finalista do campeonato estadual de poesia (Slam SP) e Vice-campeão do Slam Nacional de poesia falada (Slam BR 2019). Em 2019, lançou seu primeiro livreto com o título "BEKÁ 3pordez". Também tem suas poesias publicadas em antologias como: *Slam Resistência* - ágora de agora, *Slam da Guilhermina 6.0*, *Slam FLUXO*, do qual hoje também é um dos organizadores. Ainda no mesmo ano lançou seu primeiro videoclipe no YouTube: "Eu tô suave".

DANIEL MINCHONI

Fernando Martins

a poesia ainda será o esporte nacional. digo mais, será paixão nacional. e quem fará essa ponte? queeeeeem? sim, professores, vocês. lógico que os parceiros do slam da guilhermina e do slam interescolar são a base do incêndio que queima o coração de nossos jovens poetas agora. mas quem é querosene e combustível nesse processo? queeeeeem? quem colocará fogo na greve, se os poetas entrarem em greve? vocês, professores. então agradeço o espaço e a chance de ser brasa, fagulha ou ventinho queimando mais lenha nesse inverno. que em cada quebrada, cada rodinha, cada cabeça, estejamos fazendo o que viemos pra fazer aqui: poesia e revolução. cabeça vazia é morada de ideia e de poeta. o capeta que procure outro lugar. somos a mudança, somos a poesia. somos os griots, em volta da fogueira, fazendo o que viemos pra fazer aqui: poesia. o pleno exercício do amor ao conhecimento. vamos que vamos. abrax, danielminchoni.

Daniel é artista da fala, fundou o "Poesia esporte clube e jovens escribas" (RN) e "Sarau do burro, burruído, selo doburro", "Nolombo e nolombinho", "Cabaret revoltaire", "Menor slam do mundo", "Slam do corpo" e "Phala'cia, núcleo permanente de pesquisa em performance e fala poética" (SP). Seus livros são: *Escolha o título* (2006), *lapois poisia, Ouvivendo e carnevais* (2013), *Nos be gods de olavo* (2014), *Ex-porro, poema sugo* (2014) e *Rosário de boatos ou trancelim de outros (2016)*. danielminchoni.tumblr.com

FERNAUN

Arquivo pessoal

Hoje fui à última escola também. Fazer o slam. E como disse o @Beká - Poeta, foi lindão demais! Eu não tenho palavras pra descrever o que foi participar, dessa forma, no Interescolar desse ano. Participei de diversos projetos esse ano, pessoais e coletivos, mas acho que nenhum me trouxe tanta satisfação quanto esse, de verdade. Só tenho a agradecer, foi especial.

Fernaun é geógrafo, poeta e rapper. Tem dois trabalhos musicais e alguns singles lançados, além de algumas poesias espalhadas em coletâneas. Trabalha também como poeta-formador. Faz parte da organização do *Slam do Bronx* e *Slam DiVersos*.

MÁRCIO RICARDO

@vegetarien

Manos e Minas, obrigado por essa experiência. Ontem um menino antes de recitar abaixou e bateu 3x com punhos fechados no chão. Aquilo me abalou muito. Foi foda, foi lindo. Eu já tinha essa vivência em escolas, mas é louco você ouvir da professora depois: "duas salas iam ser dispensadas, porém eles foram ver o começo pra ver se vão ficar ou não..." E aí ficaram até o fim, quase duas horas. Eu penso que o que eu plantei e aprendi me ajudou muito hoje e queria agradecer novamente a oportunidade de estar somando com vocês.

Márcio é do Grajaú, Zona Sul de São Paulo, tem 29 anos, é rapper há 13 anos e palestrante há 8 anos. Autor do livro: *Felicidade Brasileira*, da editora filoczar. Ganhou 20 Slams em 2019. Discos lançados: Álbum Gratidão (2016), EP Márcio (2018), EP Existindo Poeticamente (2019). Álbum: Pra quem nasceu sem chorar, até que eu cheguei bem longe (2019). Em 2016, recebeu o prêmio "Outra Parada" pela *Brazil Foundation* (Nova Iorque) por ações comunitárias que realizou em palestras nas escolas. Foi campeão do *Slam Helipa*. Márcio nunca foi poeta, só poesia mesmo.

MARIANA FELIX

Arquivo pessoal

Gente, hoje eu fiz o slam na escola em que eu trabalhei como Inspetora de alunos, antes de eu me exonerar do cargo. Chorei demais, me emocionei demais. Foi um dos dias mais impactantes da minha vida. Estar lá novamente, só que agora como poeta formadora foi incrível. Quero agradecer demais Cris, Chapéu e Emerson por vocês me darem essa oportunidade Me faltam palavras. Vocês não fazem ideia da importância que hoje teve pra mim.

Mariana é escritora, *slammer* e apresentadora. Tem três livros publicados: *Mania* (2016), *Vício* (2017) e *Abstinência* (2019). Ministra a "Oficina Cicatrizes", de produção textual e performance, voltado ao público feminino plural. Apresentou o programa "Além da Poesia", transmitido pela TVT.

MONIQUE MARTINS

Arquivo pessoal

Ah, que lindo isso... Me sinto também contemplada com essas palavras! Certamente, foi a coisa mais significativa que eu já fiz com poesia!!! Mudou meu olhar, minha postura, minha visão de mundo...nossa, nem sei falar! Eu acabei meu último slam ontem. Aliás, fiz todos os Slams seguidos nas últimas duas semanas, todo dia sem parar...Foi muito louco isso!!! Eu tô frenética! Fazendo poesia, pensando mil fitas... nem consegui dormir direito, de tanta coisa na mente, alunos mandando mensagens, professores... Meu... Faria um cooper, faria uma tese de mestrado, faria um livro... vish...!!!

**SLAM DA GUILHERMINA sou imensamente grataaaa, por essa oportunidade! E nem tô sabendo digerir e dimensionar tudo ainda... Sei que muda histórias! Salva vidas! Muda realidades pessoais e dos arredores... Sem dúvidas, eu precisava disso! Só agradeço!!!!!!!**

**E contem comigo sempre!**

Monique é atriz, arte educadora, contadora de histórias, poeta e ativista cultural. Formada em artes cênicas e pós-graduanda em Teatro do Oprimido, ela é idealizadora e mestre de cerimônias de saraus e de batalhas de poesia de slam. Apresenta o *Slam do Prego* (Poesia de Resistência de Guarulhos). Atualmente, é também poeta formadora e ministra oficinas de poesia em escolas, graças ao projeto do Slam Interescolar.

É integrante do Conselho Municipal de Cultura de Guarulhos, na cadeira de literatura, representante da sociedade civil. Tem poemas publicados em quatro coletâneas: *Slam da Guilhermina* (2016); *Slam Sofalá* (2017); *Slam das Minas* (2018) e *Empoderamento Feminino* (2019), livro da Coleção Slam. Está produzindo o primeiro livro solo neste ano de 2020, com poesias e crônicas vermelhas.

NATHAN GOMES

Mariana Felix

Queria dizer aqui que faz umas semanas que acabei meu processo de formação de slams nas escolas e estou ainda digerindo a experiência. Eu já tinha trabalhado com formação de slam em algumas escolas, inclusive, foi desse trabalho que, ano passado nasceu o slam Tiquatira. Mas nada comparado ao projeto desenvolvido pelo *Slam da Guilhermina*. Gostaria de parabenizar toda a equipe do Guilhermina que desenvolveu esse trabalho maravilhoso e tão grande. É incrível fazer parte desse processo. Me senti lisonjeado pelo convite, mas muito, muito feliz em ver o que a poesia faz em vidas periféricas tão jovens. Encontrei almas com fome. Fome de se expressar, de serem mais do que o meio delas oferece, fome de conhecimento e de atenção. O mais incrível foi descobrir que eu também fui alimentado com a fome deles. Às vezes acho que precisava disso tanto quanto eles. O Interescolar impactou minha vida e meu ano ganhou o brilho de que eu precisava. Obrigado!

Nathan é capixaba, reside em São Paulo desde 2009, é morador do bairro Ermelino Matarazzo. Atua como poeta na cena do slam, do rap e na arte de rua e metroviária como músico. Desenvolve oficinas de poesia nas escolas estaduais e públicas em São Paulo.

TAWANE THEODORO

Gleice Fahning

E foi muito bom, só que na escola de hoje foi um absurdo de bom! Acho que vai ser difícil alguma escola superar o que foi hoje, foi incrível, incrível!

Tawane Theodoro, escorpiana de 1998, nascida e criada no Capão Redondo, na Zona Sul de São Paulo. É poeta marginal, *slammer*, e uma das organizadoras do *Sarau do Capão* e do *Slam do Bronx*. Autora do livro: *Afrofênix: A fúria negra ressurge* (Editora Quirino, 2019).

VIIC OLIVEIRA

Yarin

Tô mais nervosa que eles. Nem parece que faço isso todo mês (Kkkkkkkkkkkkkkk). Mas foi muito massa, todos eles muito, muito legais; muito receptivos, muito comunicativos e a professora também, foi maravilhosa...

... Mas é isso, foi super massa, foi massa mesmo, gostei muito! Foi incrível estar com vocês, nas escolas.

Viic Oliveira é poeta, cantora e educadora. Organizadora do *Slam da Norte* e autora dos zines "Siririca em Prosa e Verso" e "Encontro entre Línguas".

CAPÍTULO 7

Cristina Assunção

# SLAM INTERESCOLAR PELO BRASIL E PELO MUNDO

- Rio de Janeiro
- Minas Gerais
- Espírito Santo
- Mato Grosso do Sul
- Bahia
- Nacional
- Internacional

# RIO DE JANEIRO

## VOLTEMOS AO ANO DE 2014 – UM ANO FUNDAMENTAL NA HISTÓRIA DA FLUP

Chegamos no Morro da Mangueira com três novidades que iriam nos colocar num outro patamar como festival literário: incorporamos de vez a agenda preta ao homenagear Abdias do Nascimento, uma parceria com a Secretaria de Estado de Educação do Rio de Janeiro nos permitiu ver milhares de jovens das escolas públicas de ensino médio cariocas e, por fim, os 16 poetas convidados por Roberta Estrela D'Alva para I Rio Poetry Slam nos aproximou de uma produção jovem, periférica e diversa da Europa, África e das Américas.

Essa química produziu resultados extraordinários, dentre os quais, a mais marcante foi a reação sempre entusiasmada dos jovens de nossas escolas públicas aos poemas apresentados nas batalhas poéticas, cuja potência pode ser medida pelo fato de que três dos quatro slammers finalistas eram negros e, um deles, justamente o campeão, era negro e gay. Talvez, pela primeira vez na nossa história, vimos jovens se identificando plenamente com aquele fazer poético. Não era empatia o que acontecia entre palco e plateia, mas simbiose.

Os jovens se viram tanto na pele daqueles poetas-slammers que se apropriaram daquela ideia de evento poético que envolve voz, corpo e performance e criaram seus próprios slams nas

Renata Armelin

escolas. Soubemos disso e, além de prestigiá-los, propusemos à mesma Secretaria de Estado de Educação do Rio de Janeiro uma nova parceria. Foi assim que criamos o *Slam Colegial*, cuja primeira edição nos levou a percorrer cerca de 30 escolas públicas de ensino médio da Região Metropolitana do Rio a fim de escolhermos os representantes de cada uma delas. Chegamos à Cidade de Deus, palco da FLUP de 2016, com jovens de 16 escolas. O *Slam Colegial* foi um dos momentos mais emocionantes daquela edição da Festa Literária.

Nos dois anos subsequentes (2017 e 2018), pudemos estender nossos processos formativos ao *Slam Colegial*. Na prática, isso significou colocar um grande representante do *spoken word* carioca durante três meses nas escolas que iriam participar da batalha final. E a convivência com poetas como Yassu Noguchi (uma das criadoras do *Slam das Minas do Rio de Janeiro*), Rodrigo Santos (um dos criadores do *Sarau Uma Noite na Taverna*), Lisa Castro (*Slam Tagarela*), Luís Fernando Pinto e Alex Teixeira (criadores do *Sarau do Escritório*) repercutiu de maneira extraordinária na vida daqueles jovens estudantes. Não à toa alguns deles se tornariam *slammasters* em suas próprias quebradas.

Também organizamos slams colegiais na Bienal carioca, aqui aplicando uma das lógicas que move a FLUP, que é a de disponibilizar nossas redes para fortalecer os poetas e escritores que participam de nossos processos formativos. Já fizemos duas edições – a primeira em 2017 e a segunda em 2019. Em ambas vimos uma explosão de alegria, entusiasmo e talento na *Arena #SemFiltro*, que tinha como curadora nossa amiga Rosane Svartman. A parceria com a Bienal foi fundamental para que tivéssemos uma edição do *Slam Colegial* em 2019 – ano em que, além de trabalharmos com menos recursos, enfrentamos a perda irreparável do nosso parceiro Ecio Salles.

Os números do *Slam Colegial* foram superlativos desde a primeira edição – permitindo-nos falar para não menos que 10 mil jovens, se formos contabilizar todas as batalhas que organizamos em cada uma das escolas que visitamos e as próprias batalhas finais, sempre em um local totalmente fora do ambiente escolar. Mas uma história revela o tipo de plataforma que tem sido o *Slam Colegial*: o poema que garantiu a presença de João Pedro na final da edição de 2018 foi produzido "com as próprias vísceras" na oficina que Yassu Nogushi organizou imediatamente à dura que ele levou no morro em que mora, não muito longe do CE Herbert de Souza. Desnecessário dizer que João Pedro era um jovem negro, assim como todos os outros campeões do Slam Colegial.

Júlio Ludemir<br>Jornalista e co-fundador da FLUP – Festa literárias das Periferias

# MINAS GERAIS

## SLAM INTERESCOLAR DE MINAS GERAIS - GÊNESE E PROMESSAS

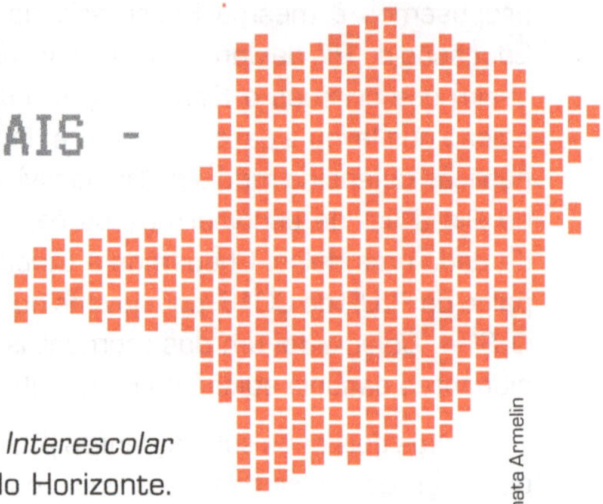

O Slam MG é novo. Nasceu na primavera de 2018, especificamente nos dias 29 e 30 de setembro, em Juiz de Fora, Minas Gerais.

Seu nascimento está intimamente relacionado ao *I Slam Interescolar Nacional*, que ocorreu no dia 02 de dezembro de 2017, em Belo Horizonte. Juiz de Fora participou com três representantes, ganhadores das três edições da *Batalha Poética da Ágora*.

Renata Armelin

A *Batalha Poética da Ágora* é o primeiro slam estudantil de Minas Gerais que se realiza desde maio de 2017, em Juiz de Fora. Diferenciado do *Slam Interescolar*, ela é voltada para qualquer estudante de ensino fundamental, médio e técnico profissional, sem, contudo, haver a realização de slams escolares. Esse slam é fruto da demanda do *Slam Poético da Ágora*, que aumentou o número de estudantes poetas que estão nas escolas, nas edições de slam. Mesmo ocorrendo as primeiras edições na periferia da cidade, o *Slam da Ágora* contava, majoritariamente, com estudantes universitários, contrariado a realidade da maioria de jovens de periferia que não estão no ensino superior.

Ao idealizar a *Batalha da Ágora*, consideramos o histórico poético de Juiz de Fora vanguarda do movimento modernista mineiro e, também, apostamos no conhecimento de poesia de outros estudantes poetas, seja pelas batalhas de rap, seja pelas apresentações poéticas nas escolas. Assim, outros estudantes se apropriam do conhecimento poético e também passam a produzir poesias, aumentando o número de estudantes poetas e também de público participante. É através desse intercâmbio de aprendizados que os jovens buscam se especializar cada vez mais em poesia falada.

Quando a Batalha da Ágora participou do I Slam Interescolar Nacional foi arrebatador. Das três poetas que participaram, uma foi campeã (a estudante Karolina Ferraz) e outra foi vice-campeã (a estudante Sarah Tielmann). Depois dessa vitoriosa apresentação, o slammaster do *Slam Interescolar Nacional* e do *Slam MG*, Rogério Coelho, propôs que a cidade sediasse o *I Slam Interescolar de Minas Gerais*, proposta aceita de pronto!

No ano de 2018, a *Confraria dos Poetas*, entidade nacional responsável pelo *Slam da Ágora* e pela *Batalha da Ágora*, preparou a realização do *I Slam Interescolar de Minas Gerais*. A ideia era promover um evento que crescesse paulatinamente, respeitando a aproximação dos slams mineiros e as escolas, pois sabemos que esse é um processo que altera muitas vezes a forma livre e espontânea de organização que os slams têm. O slam escolar exige um trabalho planejado, sistemático e dispendioso de recursos financeiros, principalmente se levarmos em conta o translado para as escolas e ainda para a cidade-sede do *I Slam Interescolar de Minas Gerais*.

Entre as regras de participação no nosso *I Slam Interescolar* estava o critério de seleção dos poetas. A cada fração de três escolas que realizavam o slam escolar, um representante era escolhido para o "Interescolar. O evento contou com a participação de uma representante de Uberaba (graças à mobilização dos slams *Ondaka* e *Ondaka de poemas curtos*), três representantes de Belo Horizonte (do *Slam Valores de Minas*) e nove representantes de Juiz de Fora*, advindos da realização de slams em 26 escolas públicas municipais, estaduais, federais e particulares da cidade. A escolha dos nove representantes se deu na sétima edição da *Batalha Poética da Ágora*, no dia 28 de setembro, única edição do evento voltada aos slams escolares.

A apresentação do evento foi realizada pelos slammasters Éric Meireles de Andrade [*Batalha Poética da Ágora*] e Alessandro Dornelos [*Slam Ondaka* e *Slam Ondaka de Poemas curtos*].

O *Slam Interescolar de Minas Gerais* foi realizado em três fases: a primeira com todos os 12 poetas presentes. A semifinal, com cinco poetas que tiveram as melhores notas da fase anterior, e a final com apenas três finalistas. Os jurados foram escolhidos na hora: cinco mulheres, e entre elas, contamos com a parceira do evento, Fernanda Moura, Superintendente Regional de Ensino de Minas Gerais – Órgão da Secretaria Estadual da Educação.

O campeão da I edição do nosso *Slam Interescolar* foi o estudante Ícaro Renault, de apenas 14 anos, representante do Colégio Santos Anjos. Ícaro Renault representou Minas no *II Slam Interescolar Nacional*, realizado em Belo Horizonte, em 2018, onde também se consagrou campeão nacional.

O jovem poeta divulgará o *Slam Interescolar Nacional* e também os slams mineiros, apresentando seus versos na *Copa do Mundo de Poesia Falada*, em Paris, como convidado do evento. Uma belíssima forma de divulgar ao mundo a potência poética dos slams escolares no Brasil, além de ser uma oportunidade de trocas estéticas entre estudantes poetas, que pode incentivar a formar novos poetas interessados pela poesia falada, bem como promover a inclusão cultural e social, dando a esses estudantes periféricos o direito à liberdade de se expressar em versos perante às opressões e silenciamentos desse mundo tão retrógrado e desigual. Como bem enfatiza o grito do *Slam Interescolar de Minas Gerais* - "MINAS QUER FALAR / SLAM INTERESCOLAR"!!!

Éric Meireles de Andrade Poeta
Presidente nacional da OSC Confraria dos Poetas
Slammaster da Batalha Poética da Ágora e do Slam Interescolar-MG

Renata Armelin

# ESPÍRITO SANTO

## A FOME SE REPETE

Acredito ser inúmeros os motivos que me fizeram abraçar o slam de uma maneira muito íntima e pessoal. Direto tento me recordar de como encontrei a literatura, e as lembranças que me vêm à cabeça são poemas infantis de quando eu tinha oito ou nove anos, de quando acabava de escrever, fechava o caderno e me envergonhava, porque eu tinha que ser forte e poesia para mim representava fragilidade. De alguma forma, naquela idade eu já percebia que a escrita me desnudava, que quando eu escrevia transparecia um eu que não cabia naquele ambiente. Escrever poesia é mostrar o que ninguém se importa, e quem apoiaria algo sem utilidade?

Eu andei muito até entender isso, ou pelo menos cogitar essa compreensão. A primeira vez que subi num palco e declamei um poema eu estava muito nervoso e tremia muito. Eu já tinha experiência em palcos, pois cantava rap em vários lugares e casas de show, mas sabia que ali, de alguma maneira, as pessoas iriam me observar despido, nu, totalmente descoberto e isso era um medo que eu tinha. Então eu tirei lentamente o microfone de lado, bem lentamente, já era demais eu me descabaçar com tanta gente e amplificar isso me parecia suicídio. Na hora eu percebi que ainda era muito tímido e tomei uma dose de algo forte que desceu por minha garganta quase tão forte quanto minha voz que saiu, em seguida, feito um soco.

O que me fez ter essa coragem não foi a cachaça que bebi antes de entrar naquela roda, foi um verso que ouvi antes de tudo aquilo acontecer, um verso que um amigo, em uma conversa, declamou.

"Jhon, se a gente é o que come e quem não come nada some, deve ser por isso que ninguém enxerga toda essa gente que passa fome" – Victor Rodrigues.

Fome, era isso que eu sentia ainda com oito ou nove anos. Não uma fome de alimento, pois essa veio depois, mas por ser jovem e acreditar que a poesia e só ela seria o suficiente para me alimentar. A fome que eu sentia era de vontade e não me engano, hoje entendo que é uma sensação comum entre a maioria das crianças e adolescentes. É encarar também como fome aquele desejo de consumir tudo que o mundo deslumbra em outdoors e comerciais de TV. Não existia crise de ansiedade, estresse, depressão, só aquele desejo quase que incontrolável de mostrar um monstro existente no desconhecido de nossas frustrações.

Foram várias experiências montando saraus em bairros, morros e invadindo o centro de Vitória como convidado para participar de convenções, espetáculos, concertos, e tudo isso vinculado ao Teatro do Oprimido, que me fez entender outras linguagens do Hip-Hop para além do verso rimado. Meu corpo era minha máquina que respirava cultura e isso me fazia sentir vida! Era lindo ver Juplin Jones, Jânio Silva, Carlos Abelhão e Marceu Rosário, Fred Farias e o Coletivo Literatura Marginal do Espírito Santo prendendo a atenção de multidões apenas com a palavra, palavra viva, e todo verso declamado sempre se modificava e traçava roteiros diferentes das estatísticas comuns aos jovens de favela.

Nós protagonizávamos a cena e logo adentramos faculdades e universidades, um território que me espantava pela distância que eu tinha com aquele universo.

Através do Renan Inquérito, descobri Ferréz e Sérgio Vaz, descobri que ele tinha um sarau, e então, com pouco acesso à internet, eu paguei uma hora para o rapaz da *lan house* para procurar qualquer coisa do Renan Inquérito. Ali eu vi um vídeo associado a uma competição chamada *Rachão Poético*, conheci ali um tal de Lews Barbosa, de Ni Brisant e de Luiza Romão. Assisti àquilo e logo me apaixonei.

Acho que há cinco anos atrás eu já tinha perdido todos os medos acima narrados e com meus camaradas decidi fazer slam no Espírito Santo também. Não sabíamos de regras ou qualquer coisa do tipo e mesmo assim montamos o *Slam Botocudos*. Daí em diante é fácil saber o que aconteceu: cada vez mais pessoas foram chegando e nos aproximamos das escolas. E até hoje quando explicamos o que é slam numa escola, mesmo sem saber o que é, vem um menino ou uma menina com um caderno, com um texto que grita muito forte a mesma fome que eu sentia na fase do medo. A fome é um ciclo, uma roda que gira e é gigante, e a nossa ancestralidade nos traz força que remete a um saber Coletivo.

Este ano vamos para o quarto ano do *Slam Interescolar Capixaba*, com participação de escolas de vários municípios, dentre elas, escolas rurais, quilombolas e com alunos cujo Estado já tinha desistido e a sociedade já tinha dado como mortos. Porém, não se engane, não estou dizendo que a literatura salva, estou explicando que ela direciona nossas revoltas para os verdadeiros culpados.

O amor e o ódio são dois extremos que nos destroem, mas não conseguimos conviver sem os dois, ou pelos menos quem tem um mínimo de noção do mundo que vive. A vida é poesia slam, cada curva é um verso e a cada passo um soco.

Então, corrigindo o começo deste texto: eu não encontrei a literatura, ela me encontrou, e tento fazer com que ela continue encontrando o máximo de pessoas possível, principalmente as que veem de onde venho.

A fome no Brasil é hereditária, precisamos quebrar esse ciclo, precisamos tomar de assalto, quebrar a banca, e como diria Mano Brown: "nossa palavra vale um tiro, nós temos muita munição".

Akiri Conakri
*Poeta e rapper*

# MATO GROSSO DO SUL

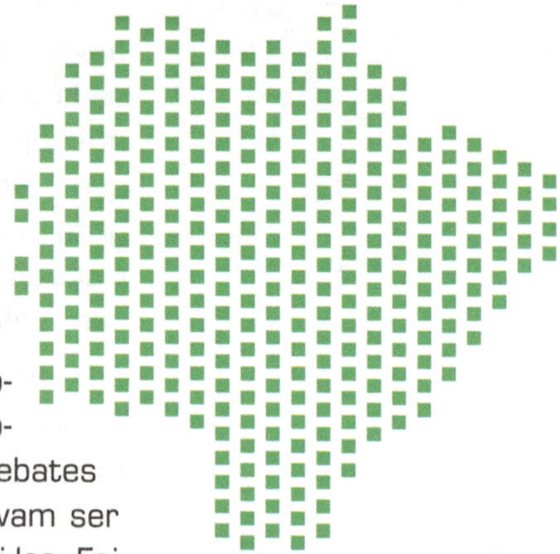

## VOZES DESAFOGADAS DO PANTANAL

O *Slam Interescolar de Mato Grosso do Sul-MS* nasceu de uma conversa entre o criador do *Slam Campão*, o Tales, e eu, uma professora de sociologia que dá aula na periferia. Destaquei nesse diálogo que, como professora, em vários momentos, principalmente em debates nas aulas, percebia que os alunos tinham inquietudes que precisavam ser manifestadas, mas a instituição escolar não abria espaço para ouvi-los. Foi aí que resolvemos levar o projeto *Slam Interescolar* para dentro das escolas. Fiz um projeto, levei às instituições e apresentei nossa proposta. Meu intuito era fazer algumas visitas às escolas: Na primeira eu iria apresentar o slam, levando alguns poetas, explicando sobre o que é esse movimento de poesia; na segunda e na terceira visitas, faríamos rodas de poesia e deixaríamos os alunos livres para se apresentarem, faríamos uma votação e elegeríamos um finalista de cada escola. Fizemos uma agenda e marcamos datas com as escolas. Não foi fácil reunir poetas, conciliar datas e horários com os calendários escolar e particular dos integrantes. Mas fomos.

Renata Armelin

Os poetas Helamã Rédua e Luciano Risalde comprometeram-se firmemente com o projeto, iam de ônibus até as escolas, atravessavam a cidade, tiraram dinheiro dos seus poucos rendimentos para levar a poesia para jovens. Não era qualquer poesia, era uma poesia que fazia brilhar os olhos, fazia florescer a crítica, canalizava uma energia que era a simbiose da identificação, da admiração e da revolta que tornava o ambiente escolar diferente de tudo aquilo que os alunos já haviam visto. Aquela linguagem era a deles, aqueles poetas eram dos seus, traziam na palavra o dia a dia de uma sociedade racista, homofóbica, machista, elitista, ou seja, traziam em seu bojo tudo aquilo que a instituição escolar, que é um ambiente de forte controle, queria calar.

Dienny, poeta da escola Severino de Queiroz, descreve o quão importante foram aqueles momentos: "Eu não esperava que um movimento como esse fosse despertar tantas coisas boas em mim, a começar pela autoestima. Quando vi o slam pela primeira vez me senti espantada da forma como se expressavam sem estar presos a si mesmos, parecia que estavam libertos, e quando recitei pela primeira vez foi uma explosão de sentimentos, parecia que tudo que eu mantinha guardado só para mim tinha se aflorado. É inegável que participar de uma competição é sinal de medo, mas acredito que o Interescolar fez isso com tanta leveza que, no final, competir nem importava mais porque eu me sentia completa mesmo não tendo ganhado, me senti dona dos meus pensamentos e minhas ações e isso me deu ânimo para prosseguir na poesia".

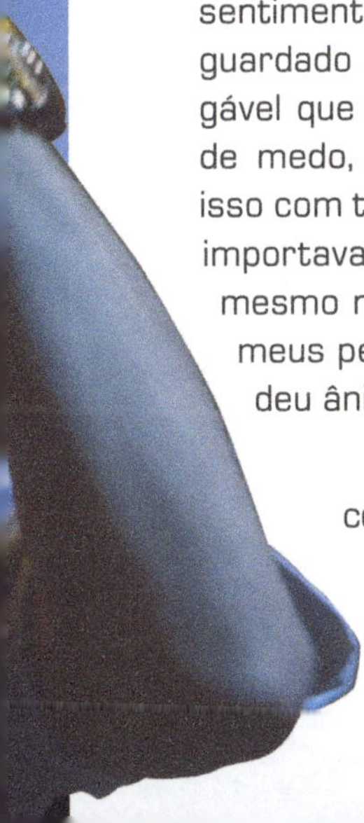

Alysson, aluno e poeta finalista, que foi competir no *Slam Interescolar Nacional* em São Paulo, descreve que a poesia o fez encontrar sentido na vida e ter reconhecimento, alegando que foi a melhor experiência de vida que ele já teve.

É importante registrar que sofremos várias retaliações de professores e gestores que faziam parte de um grupo conservador que crescia no país num momento político polarizado e, por isso, queriam poetas fora do ambiente escolar, reprimiam as poesias, alegavam que fazíamos parte de um projeto comunista e nos tratavam com desdém. Contudo, nos mantivemos firmes, compramos brigas e ao nos depararmos com alunos que se expressavam, choravam e às vezes escreviam poesia no momento das apresentações e ganhavam coragem para apresentar, tínhamos a certeza de que estávamos no caminho certo. Fomos muito mais além do que esperávamos: o *Slam Interescolar* fez surgir grupos de poetas autônomos nas escolas, que usavam os intervalos entre aulas para fazer rodas de rimas. A poesia fez estremecer estruturas: jovens, pobres, em sua maioria negros, pela primeira vez associavam fatos, transformavam em palavras e formulavam suas críticas. O slam não muda o mundo, mas planta sementes num projeto de sociedade mais justo.

Professora Nátali

# BAHIA

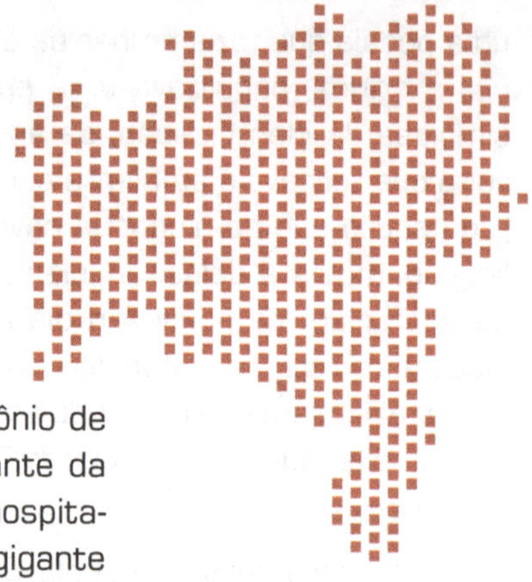

## SLAM INTERESCOLAR EM SANTO ANTÔNIO DE JESUS

Você já foi à Bahia? E ao Recôncavo Baiano, já foi? Santo Antônio de Jesus, cidade de entretrechos, me recebeu na praça central, distante da rodoviária, num hotel de pompa, cheio de gentes aconchegantes e hospitaleiras. Tentava reparar em cada palavra que diziam. Uma língua rica, gigante e cheia de voltas; altos e baixos; gravíssimos agudos. Estava ali como autor convidado, pelo projeto Arte da Palavra, do Sesc Brasil. O nome da oficina que eu ia ministrar era "A PalavrAção", performance da poesia oral. Nome emprestado de meu trabalho de mestrado, intitulado: *A PalavrAção: atos político-performáticos dos saraus e slams*. Em cada uma das oficinas anteriores (em Itajaí - SC; e Araripina - PE) tive encontros que acabavam por reestruturar a oficina, desse modo, nunca consegui repetir uma aula, ou reproduzir, tal qual havia pensado, os planos A, B, C ou Z. Sempre que encontro as pessoas, seus olhares, suas formas de dizer, suas histórias, elas me fornecem uma condução tão mais rica e impressionante, que fazemos ali juntes, aquilo que fomos fazer.

Colégio Estadual Francisco da Conceição Menezes. Ensino Médio. 14hs. Julho. Calor. 1º dia. Duas curadoras do Sesc SAJ (Santo Antônio de Jesus), as carinhosas Marília e Mírian. Uma convidada, Laiana. Um professor. Nenhum/a estudante da escola.

Pasmo. Viajei 1.235km, um avião, três carros e cinco horas de ônibus para não encontrar um/a estudante sequer na oficina. Nada foi perdido, ainda assim. Durante duas horas, as pessoas ali presentes (funcionárias do Sesc e da escola) entregaram suas histórias, a mim e a todes. Receberam como presentes palavras-título sobre elas. Ao final, procurei a direção. Joelma me recebeu com sorriso largo, prometendo me ajudar na missão de seduzir estudantes a participar da oficina.

Segundo dia. Sete da manhã. "Licença, professora. Eu gostaria de dar um recado pra turma, posso?". Entro na sala lotada de olhares curiosos, que me acompanham distribuindo cinco plaquinhas com notas de 0,0 à 10,0. "Bom dia, galera! Meu nome é Rogério Coelho. Sou de Belo Horizonte e vou fazer um jogo com vocês. Vocês já conhecem o slam?" (risos confusos e notações sobre o Islam...) "Vou recitar um poema e as pessoas, as que estão com as plaquinhas, vão dar uma nota para esse poema. Combinado?" Um silêncio. "O Autófago aqui, sou eu que desta terra, tem de comer aço/ produzir comida/ defecar dinheiro/ andar sem passo/ correr sem medida/ pedir sem vergonha/ se esfolar sem medo...". Um minuto e meio depois. "Levantem suas notas, jurades!" "Pois é! Esse jogo se chama slam, e já acontece no mundo inteiro há mais de 30 anos; no Brasil, há pelo menos 10 anos. Venho aqui, com o compromisso de ajudar a realizar o primeiro *Slam escolar do Recôncavo Baiano*. Quem se interessar em participar, estarei na escola até sexta, das duas às dezessete horas...". Saí da sala. Extasiado. Pronto para mais 26 salas naquele dia, até o fim do turno da manhã.

Segundo dia, ainda. À tarde. Hora da oficina. Cansado ainda, por ter recitado pelo menos uma vez em cada sala; animado pelo carinho de todes estudantes que me ouviram, entro na oficina com pelo menos 12 poetas estudantes. Ali começaria mais um *Slam escolar*, dessa vez, na Bahia.

Ao longo dos dias, pessoas se achegavam, contavam suas histórias, escreviam seus primeiros poemas, reconheciam melhor seus amigues, choravam na emoção, traziam suas crianças de casa, assistiam juntes vídeos de poetas do Brasil e do Mundo, e se arriscavam na performance de recitar. Laiana já era escritora e ilustradora profissional. Não era estudante da escola. Era uma condutora de forró, que me levou noites adentro daquele recôncavo, para arriscar uns passos e ouvir/vê-la tocar triângulo numa banda com muito xote. A Preta Graça e sua irmã, com sua filhinha, vinham direto do comércio em que trabalhavam. Dispostas e felizes, poetas de suma importância na minha vida. Entre outras pessoas que iam e vinham, Erick chegou. Já era poeta marginal. Uma poesia firme, definida e afinada com todos os assuntos de maior expressão do momento, empolgava e ensinava à todes sobre *punchlines*.

Sexta-feira. Último dia. Primeiro *Slam do Conceição*, como ficou batizado. Turmas inteiras para assistir. Nervosismo num primeiro momento. Entrego os livretos, com poemas de todes, o qual passei a noite diagramando, e trouxe mais cedo para costurarmos juntes. *Abstratos do Eu*, como foi chamado. Rodrigo, Diana, Jéssica, Preta Graça, Laiana e Erik. Recitaram com alegria e força. Estudantes, professoras, diretora: Presentes. Muitos poemas impressionantes e ideias de publicação surgiram durante a oficina. Erik venceu. Garoto determinado, do bem e de futuro. Ficou bonitão com a camisa, já bem surrada, do *Slam Clube da Luta* que dei a ele. Fiquei extremamente feliz de participar um pouquinho de sua história. Tá lançando seu livro neste 2020. Pediu-me para escrever a orelha, formato côncavo do ouvir. Um carinho compartilhado dessa audição do recôncavo. Deixo aqui um pouquinho dele, do poeta campeão do 1º *Slam Interescolar do Recôncavo, Erik:*

*A Explosão*

*...um simples impulso já é o suficiente para a miséria e a desgraça que a violência traz para toda situação, o que eu posso fazer?*

*NADA!!!*

*Por que o mesmo ódio daqueles sanguinários que estão acabando com a população,*

*é o ódio que nós revoltados colocamos contra a nação.*

*Nos igualamos aos ruins, achando que somos bons,*

Renata Armelin

*Precisamos parar de querer ser, começar a crescer*

*Para ver se pelo menos 10% daquilo que acreditamos ser o futuro tentar florescer.*

Erik Ferreira

E por falar em explosão, sentimos muitas vezes que precisamos apenas criar um espaço, na escola, no mundo, que permita que as pessoas coloquem suas vozes e desejos. Explodiremos muros conservadores das escolas, se for preciso. Explodiremos conceitos que não nos caibam! Abriremos espaço para que nenhuma voz seja silenciada.

Rogério Coelho

# NACIONAL

## QUEM COME PÃO DE QUEIJO TODO DIA RECITA MELHOR A POESIA

Quase todos os eventos de slams paulistas acontecem na periferia, e os frequentadores são majoritariamente negros e jovens. No *Slam BR* ocorre uma inversão, pois o evento é realizado no Sesc Pinheiros, lugar frequentado por classes sociais média e alta. Poderia ser no Sesc Itaquera ou Interlagos, mas a unidade Pinheiros possui o maior recurso da cidade, o que possibilita, dessa maneira, a viabilização de toda a produção que envolve o evento: transporte aéreo e hospedagem de representantes de mais de 20 estados brasileiros, equipe técnica de som e estrutura, além das passagens aéreas do vencedor para França, para que o mesmo possa participar da *Copa do Mundo de Slam de Paris*. Mas alguns poetas de fora de São Paulo desconhecem esse contexto e, incentivados por outros poetas que não se classificaram nas seletivas de seus respectivos estados, fazem coro chamando os poetas paulistas de *boys*, chegando até a insultá-los de "bandeirantes", travando assim uma guerra regional. Entendo perfeitamente a razão do apelido atribuído aos slammers paulistas, pois os poetas de fora de São Paulo que vêm para o *Slam Br* acabam conhecendo apenas o bairro de Pinheiros, a Praça Roosevelt, a Avenida Paulista. E para facilitar o acesso e a logística do evento, a produção ainda hospeda os competidores em hotéis de cinco estrelas na Avenida Faria Lima – todos lugares nobres da cidade.

Pois bem, em 2019 decidimos levar os poetas para dar um rolê por São Paulo. E ao organizarmos o *Slam Nacional Interescolar* optamos por fazê-lo na Zona Leste, na periferia paulistana. Distante de todos os cartões postais e dos mimos de um hotel de bairro rico, todos os poetas se reconheceram como iguais, e as intrigas deram uma trégua.

O *Slam Nacional Interescolar* integrou a programação do *Festival do Livro e da Literatura de São Miguel Paulista*, cujo o tema foi "Literatura de Saberes: Identidade, Territórios e Expressão dos Povos". O slam, como de praxe, foi na Praça, oficialmente chamada de Fortunato da Silveira, mas popularmente conhecida como Morumbizinho. A produção do evento disponibilizou ônibus para buscar outras escolas para assistir ao Nacional. Havia uma tenda só com autores periféricos-marginais e a tenda principal onde os estudantes se apresentariam. Um dia antes estive ali lançando o meu livro *Diário Bolivariano* e tive a oportunidade de conhecer a Maria Vilani, mãe do Criolo. Trocamos livros e afetos.

Já era um sonho antigo do nosso *Coletivo Slam da Guilhermina* juntar outros estados que realizam poesia falada nas escolas para um grande encontro e neste ano de 2019 o concretizamos, graças ao empenho do Márcio Black, à frente na articulação da Fundação Tide Setúbal, que desempenha um trampo sensacional no Galpão ZL, no Jardim Lapenna, que vai desde oficinas artísticas até gastronomia.

Devido ao dia e horário agendados para o evento, não pudemos contar com o nosso cabuloso DJ Pe, então, ligeiramente, corremos atrás de um disc jockey da região, e logo lembrei do Elvis, que toca no Arte e Cultura da Kebrada, um dos maiores eventos de grafite da América Latina, colorindo anualmente as ruas e becos do gigantesco distrito do Jardim Helena. Não poderia ter escolhido outro. Elvis é da velha guarda do Hip-Hop dos anos 90, mas não envelheceu. Atualizado e corajoso, mandou vários traps para a molecada cantar junto.

Começamos o *Slam Nacional Interescolar* com a modalidade Ensino Fundamental II, e dessa categoria só havia duas representantes. Um duelo feminino entre Marina Valenari, de São Paulo, e Medusa, de Minas Gerais.

*Apresentadores: Das ruas para as escolas, das escolas...*

*Público: Pras ruas!!!!!*

A primeira rodada começou com a representante paulistana Marina Valenari, da EMEF Carlos Manoel da Costa, escola que participa do Interescolar de São Paulo desde a sua primeira edição, em 2015, projeto escolar iniciado pelo professor Ricardo Nakanishi e continuado pela orientadora da Sala de Leitura, Ana Maria Toséti. Marina abriu seu caderno e com muita confiança iniciou a leitura de seu poema. Optou por não usar o microfone, já que é dona de uma fala alta e articulada. Suas poesias carregam temas densos, como melancolia, amor, depressão, assédio. O eu-lírico é de uma personagem feminina mais velha, apesar de algumas semelhanças com a poeta. Foi essa elaboração de escrita e de performance que a consagrou campeã em 2018.

Na sequência veio Medusa, acompanhada do educador piagetiano Eric Meireles. Medusa é uma menina de longas tranças vermelhas, que mais pareciam cobras venenosas contra o fascismo, com seu jeito que mistura carisma e rudeza. Percebíamos no seu olhar que estava para fazer amigos, mas quem mexesse com ela viraria pedra! Soltou sua magia métrica denunciando o genocídio da população negra. Num estilo mais direto e discursivo, levantou o público com as *punchlines* certeiras. Terminou a primeira rodada na frente da Marina, que voltou para a segunda rodada portando novamente seu caderno e sem usar o microfone. Dessa vez, ela saiu um pouco de temas da subjetividade, sem perder seu estilo, para recitar um poema cujo tema era o descaso da sociedade com as crianças e adolescentes. Mostrou que estava viva no jogo e recebeu notas mais altas.

Foi a vez de Medusa mandar sua segunda poesia, mantendo o mesmo nível de antes e, com frases fortes

Renata Armelin

sobre machismo, racismo, preconceito social, foi dando tapas na cara da burguesia. Gabaritou[1].

Na última rodada Marina retornou com uma performance mais densa e sofrida, imitando a voz de uma personagem que comete o suicídio.

*"Eu juro que eu não queria. Eu não queria ter me matado*

*E este é apenas um dos meus possíveis finais".*

Medusa, apenas na última rodada usou o celular como suporte para leitura, mas não enfraqueceu, já que estava confiante de que a plateia estava com ela. Manteve o mesmo nível. E se consagrou campeã nacional.

*"Eu sou a ovelha negra que dá orgulho pras cria.*

*O meu bonde não sabe ler e nem escrever.*

*Hoje me tornei a escritora da família"*

Meu telefone tocou diversas vezes durante o evento e na pausa entre as categorias fui atender. Era o Akiri Conakri, *slammaster* do Interescolar Capixaba, lamentando que o poeta Ira se confundiu e foi para outra rodoviária. Akiri estava em Vila Velha e Ira se deslocou para Vitória, e não atendia o celular. Perderam o ônibus. Infelizmente, o Espírito Santo não teria representação este ano no *Interescolar Nacional.*

A modalidade Ensino Médio contava com cinco estados: São Paulo, Rio de Janeiro, Minas Gerais, Espírito Santo e Mato Grosso do Sul. Agora seriam quatro competidores. Vamos à escalação: Jow Nogueira, Amaro, Wandin e Alison Santos.

---

1 Dizemos que alguém "gabaritou" no Slam quando recebeu dos cinco jurados todas as notas 10.

Lembrando que pela regra caem a maior e a menor notas, sendo assim, 30 é a pontuação máxima por rodada.

Tínhamos acabado de assistir à apresentação performática de Medusa, e como a olhamos com bons olhos não nos tornamos pedra, como na mitologia grega. E no mesmo "jeitin quietin" chegou Wandin "juntin" de seu *coaching*. A sua conterrânea tinha levado o prêmio em São Paulo. Wandin não se intimidou diante desse peso e disparou rimas como uma metralhadora, saindo logo na frente com nota 30. Se fosse decisão nos pênaltis, ele tinha acertado o gol e os demais, por mais que fizessem, só conseguiriam empatar.

"*E você aí, brigando com a sua mãe,*

*que quase sempre chora quando tá sozinha*

*Dê valor a ela*

*porque, com 13 anos, nem família mais eu tinha*"

Matheus Santos, conhecido como Amaro, trouxe a realidade que vive na pele preta sobrevivendo dia-a-dia a violência urbana no morro da Penha, Rio de Janeiro. Lá eles fazem o *Slam Intercolegial*, e possuem, assim como nós de São Paulo, uma poeta-formadora, a mestra dos *haicais* Yassu Noguchi. O *Intercolegial* carioca ocorre dentro da programação da *Festa literária das Periferias*, a FLUP, organizado por Júlio Ludemir e Écio Salles. Ah... Écio, querido amigo que nos deixou há poucos dias. Um dia antes do nosso *Interescolar Nacional* prestamos homenagem a ele em forma de sarau, algo muito singelo para quem tanto contribuiu para a literatura da favela. Amaro, o campeão estadual carioca, estava na terra da garoa defendendo seus ancestrais.

Renata Armelin

*"Eu tô sendo a consequência de 400 anos de escravidão.*

*E por mim, cada verso que eu falar será honrado o sangue, a fuga e a chicotada dos meus irmãos".*

E com este discurso certeiro, Amaro também carimbou a rede levando as notas 9.8, 10, 10, 10, 10, e assim empatando com Wandin. Já deu para perceber que seria disputadíssimo.

Jow Nogueira tinha ficado em segundo lugar no slam estadual paulista, porém, a campeã Evelyn Giovana, aluna da E.E. Prof. Vicente Rao, optou por não participar do Nacional, argumentando que estava em outro momento de sua vida. Havia se passado um ano entre a seletiva estadual e o nacional, e em um ano muitas coisas mudam, ainda mais na vida de um(a) jovem. Jow foi convidado para substituir Evelyn e aceitou representar São Paulo, mais especificamente a sua quebrada de Guarulhos, e não veio sozinho, encheu o ônibus com uma torcida barulhenta acostumada com batalhas de rimas. Sua poeta-formadora, Monique Martins, *slammaster* do *Slam do Prego*, mais do que empolgada levantava a turma com um pandeiro. Habituado a declamar nas ruas, Jow falou sem microfone e com muita desenvoltura. E com seus longos *dreads* e sua camiseta do Tupac Shakur, o poeta marcou seu gol. Ficou com a média 30. Sentia o alívio de jogar em casa. Estava tudo igual.

Alison Santos veio de Campo Grande, Mato Grosso do Sul. Mesmo diferente dos demais competidores, que vieram de regiões onde o sarau e slam são bem fortes, Alison não se deixou abater e trouxe para sua poesia questões sociais pertinentes, fazendo analogias entre a rua e o sistema. Não conseguiu acertar o gol de primeira, foi o único que não gabaritou a primeira rodada.

Jow abriu a segunda rodada. Seu poema tratou do tema da alienação da mídia televisiva, repleto de versos de forte impacto, carimbando assim outra média 30. Wandin começou questionando o tal "Messias presidente", e acusou todos de se acharem os tais só pelos seus bens materiais. Acertou o segundo chute no gol, outra média 30. Alison veio para segunda rodada com mais segurança, manteve a crítica social em sua poesia e teve um desempenho melhor. Ficou com 29.9. Amaro relatou o racismo que sofre na favela. No meio do caminho, esqueceu a poesia, mas o público insistiu para que continuasse, então ele sacou o celular e finalizou:

*"Vou passar no vestibular*

*e pode gritar que foi cota, elite brasileira*

*como diz Bia Ferreira: Cota não é esmola".*

Apesar de ter recitado tão bem ganhou só dois 10. Agora dependia da falha de Wandin e Jow para continuar vivo na competição.

Como se diz nas batalhas de MC's: *Quem terminou, começa*! Na terceira rodada Amaro trouxe o tema do abuso de poder policial e do racismo estrutural. E mais uma vez ganhou apenas dois 10. Garantiu o terceiro lugar no torneio. Alison, em uma narrativa muito sensível descreveu a sua primeira vez num palco e as dificuldades provocadas pela sua timidez e falta de confiança.

*(Deus, minha família, antigo-eu)*

*"Por eles que eu lutei*
*por eles que luto agora*
*com todo respeito*
*se eles me aplaudirem*
*não importa o que os jurados dizem*
*pra mim já é uma vitória".*

Alison cumpriu muito bem a sua participação conquistando o quarto lugar. Foi o último a se inscrever no torneio. A professora Nátali conseguiu realizar as edições de slams em muito pouco tempo em seu estado, mesmo assim garantiu a participação de Mato Grosso do Sul no nacional. E com certeza irá estimular outras escolas a participarem das próximas edições do *Interescolar sul-mato-grossense*.

A Rede Globo fez uma campanha no Jornal Nacional (JN) perguntando: "Qual o Brasil que eu quero?" E Wandin respondeu na sua terceira poesia: "Onde eu não precise usar uma arma para me sentir mais seguro". Tudo dez. Nas três poesias criticou o governo e até parecia que sabia o que aconteceria naquele dia. Jow falou dos alagamentos que destroem casas, da falta de água e de gotas de amor. Gabaritou. Jow e Wandin gabaritaram nas três rodadas, logo, terminaram empatados.

Como é de praxe no *Slam da Guilhermina*, a *slammaster* Cristina Assunção segurou, em cada uma das mãos, os nomes dos poetas escritos em um papel, e perguntou à plateia: "direita ou esquerda?"

E todos gritaram: "esquerda!!!"

Então, ela, como sempre, iniciou sozinha a cantar o *Hino da Internacional Comunista*, e pela primeira vez, alguém da plateia sabia a letra e a acompanhou. Eric e Cristina, jovens do movimento estudantil, se emocionaram.

Wandin foi o primeiro a se apresentar para o desempate. Na sua quarta poesia narrou sua vida, a de um menino que veio de uma família problemática e que hoje vive num abrigo para menores. Recebeu: 10,10,10,10 e 9.9. A média é trinta, mas um 9.9 pode fazer a diferença se o matemático decidir abrir as notas.

Jow puxou a sua quebrada para vir junto com ele e foi correspondido.

*"É a voz da quebrada, é a voz da quebrada que o sistema não abala.*

*Que-bra-da é a coisa mais completa a ser observada"*

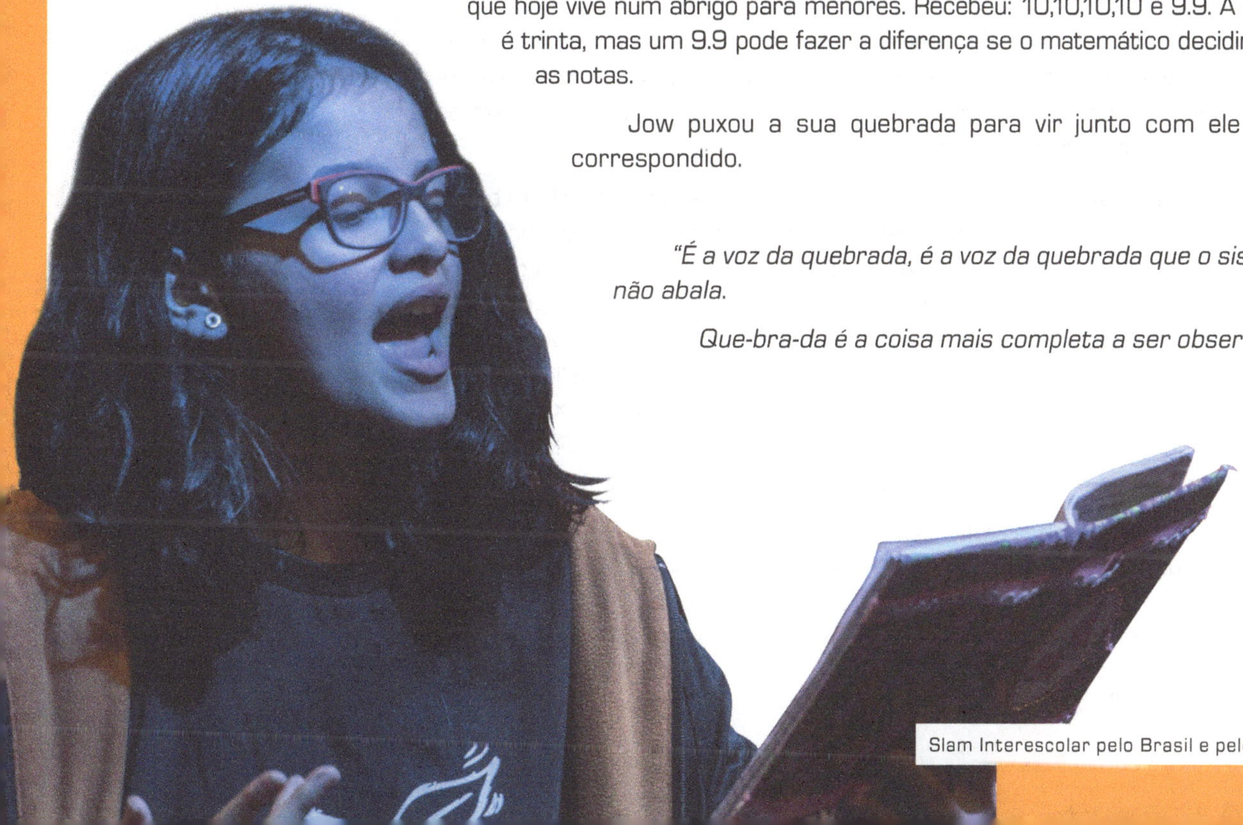

Renata Armelin

Declamou o refrão de seu rap, conhecido pela plateia, que foi ao delírio. Ao final, seus trutas subiram ao palco e o envolveram em calorosos abraços. Os jurados deram cinco dez! Wandin achou que tinha perdido. Porém, no slam, a menor e a maior nota caem. Regra é regra, diz o matemático Chapéu. E novamente deu empate. Os jurados foram chamados ao palco por Chapéu que os orientou a apontarem escolhendo somente um poeta. Dessa vez Wandin levou três votos e se consagrou campeão. Eric caiu em prantos ao abraçar Medusa e Wandin.

A chuva caiu. Alguém avisou que a liberdade do Lula havia cantado. Não queríamos prejudicar o evento que recebeu verba do atual Governo Federal e que nos deu todas as condições e liberdades, mas não conseguimos segurar pelo menos um grito que estava engasgado em nós: *Lula Livre!*

Marcello Gugu, uma das lendas da *Batalha da Santa Cruz*, fechou os trabalhos cantando um rap sobre as origens do Hip-Hop. Era sexta-feira. Todos estavam de branco em respeito a Òsàlá. As águas da chuva lavaram os nossos corpos e a poesia a nossa alma.

Os mineiros podem comer pão de queijo todos os dias e também o final das palavras, mas completam o restante dos versos com muita maestria. Não fazem nada pela metade. Terra rica em minério, queijo fresco e grandes poetas. É impressionante a riqueza poética de Belo Horizonte. Os mineiros João Paiva e Pieta já venceram o *Slam BR* e foram disputar o Mundial em Paris. É de lá também o rapper mais famoso da atualidade, o Djonga. E do interior de Minas, os dois maiores autores brasileiros do século XX, o poeta Carlos Drummond de Andrade e o romancista João Guimarães Rosa. Por aí a gente já poderia parar. Mas tem mais.

A comunidade *Slam Clube da Luta*, de Belo Horizonte, foi quem começou com essa ideia de fazer um interescolar de âmbito nacional. Eles desenvolvem seus slams na sede do Teatro Espanca, localizado embaixo do tradicional viaduto de Santa Tereza, que também abriga a maior batalha de rap do país, o Duelo de MC's. Começaram em 2017, mas infelizmente não conseguimos participar neste ano por falta de recursos do nosso Coletivo. Karol Ferraz, de Juiz de Fora, venceu. Já em 2018, conseguimos levar Igor Sousa, que estudou na mesma escola do Jow. Três estados participaram dessa edição e o campeão foi Ícaro Renault, também de Juiz de Fora. E agora em 2019, nas duas categorias, Juiz de Fora venceu novamente.

Eu não mexeria com o povo de Juiz de Fora. Eles deram uma facada no Bolsonaro. Tudo bem que não saiu sangue, mas nós nem isso fizemos. Vamos ficar quietinhos e aprender com eles. Eles ganham tudo! O Cruzeiro seria rebaixado para a segunda divisão do campeonato brasileiro em 2019, mas nem deu pra tirar sarro disso, já que em Juiz de Fora a população torce para times cariocas.

A *Confraria do Poetas* agita a cena na cidade com a *Poética da Ágora*, ao lado do largo onde o "coiso ruim" foi esfaqueado. A rapper e poeta juiz-forana, Laura Conceição, é presença constante na cena do *Slam BR*. E RT Mallone é promessa no rap, segundo Djonga. Juiz de Fora revelou o contista Rubem Fonseca e o poeta modernista Murilo Mendes, e agora revelam slammers como: Medusa e Wandin.

São Paulo pode ter mais slams, mais estrutura, e "os trem todo", mas no *Slam Interescolar Nacional*, por enquanto, Minas Gerais é quem manda. Como eles mesmo dizem:

*"Menos mais-valia*

*Mais poesia".*

por Emerson Alcalde

Renata Armelin

# INTERNACIONAL

## SLAM INTERESCOLAR PELO MUNDO

O nosso primeiro contato com o *Slam Interescolar* foi na França, em 2014, quando Emerson Alcalde estava participando da *Copa do Mundo de Slam* e, na abertura do evento, acontecia o *Slam Interescolar Parisiense*. Essa foi a primeira experiência real que o nosso Coletivo teve com um slam envolvendo escolas. Além de Emerson, na ocasião Cristina Assunção também estava presente. Foi a partir dessa experiência, de assistir a um slam estudantil, que nos interessamos em buscar informações e contatos com slammers de outros países para que pudéssemos criar o nosso projeto aqui no Brasil com êxito, embasado em exemplos concretos de slams interescolares pelo mundo.

Conseguimos o contato do slammaster da Ilha Maurício, na África. Foi incrível assistir a um vídeo da final de slam deles com crianças bem pequenas e já tão desenvoltas com a poesia falada. Criamos até um vídeo que nos serviu de material didático para exibir nas aulas e assim cativar os alunos, mostrando que eles também poderiam fazer poesia performada, pois tinham a mesma idade que aquelas crianças do vídeo e eram espertas assim como são todas as crianças.

O *Slam Interescolar* é muito forte nos Estados Unidos. O ensino da poesia na sala de aula estadunidense reverteu o quadro em que alunos só estudavam autores brancos e elitistas, autores que traziam uma única visão de mundo. Com o slam, a poesia trouxe diversidade étnica, racial e religiosa para a sala de aula, contribuindo diretamente para a democratização e pluralização do ensino nos Estados Unidos. Em Quebec, no Canadá, também existe uma prática constante de slams nas escolas, assim como na Austrália, Bélgica e Burundi. E como já dissemos anteriormente aqui, na Alemanha o slam é até uma profissão, uma vez que os slammers são contratados para fazer a calibragem nos slams escolares.

Vale ressaltar que os slams em outros países ocorrem em espaços fechados e reservados para adultos, como *pubs*, livrarias, teatro, cassinos etc., e sempre no período noturno. Não são espaços nem horários frequentados por crianças e pré-adolescentes, diferentemente do nosso país, em que os slams ocorrem na rua e a molecada é presença massiva. Então, fora do Brasil, o espaço para um jovem apresentar sua poesia, geralmente está restrito ao slam da sua escola ou a algum outro espaço voltado exclusivamente para estudantes.

*Coletivo Slam da Guilhermina*

# CAPÍTULO 8

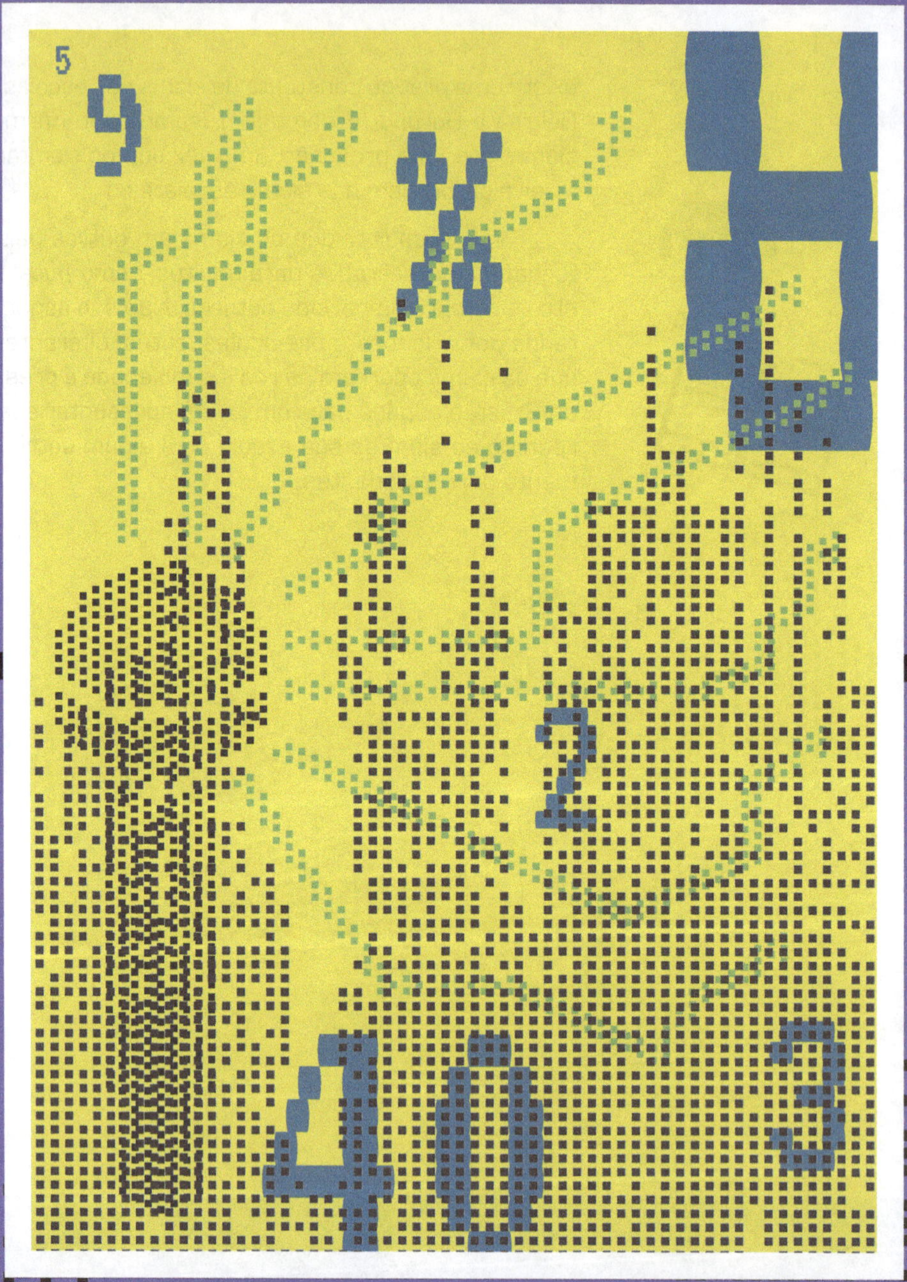

# PANORAMA GERAL

- Raio X Geral
- Gráficos
- Histórico dos vencedores
- Minibiografias da equipe
- Inconclusões finais

Aqui podemos analisar a evolução geral do evento, com as informações das cinco edições lado a lado. Uma análise simples, mas necessária para entender como o Interescolar evoluiu ano a ano, a partir das mudanças feitas pelo Coletivo e seus impactos.

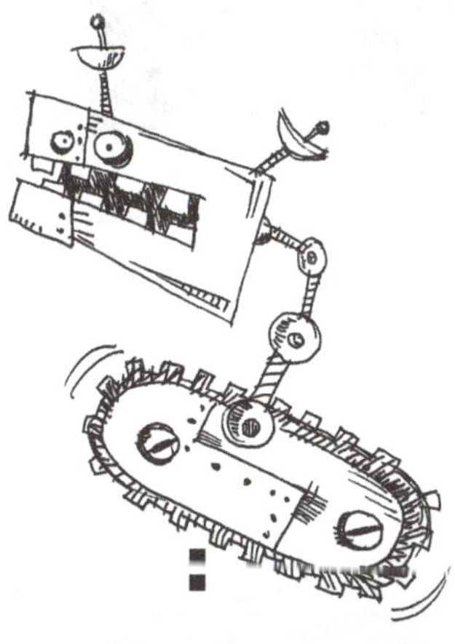

# RAIO X GERAL

## PARTICIPAÇÃO ENTRE MENINOS E MENINAS ANO A ANO.

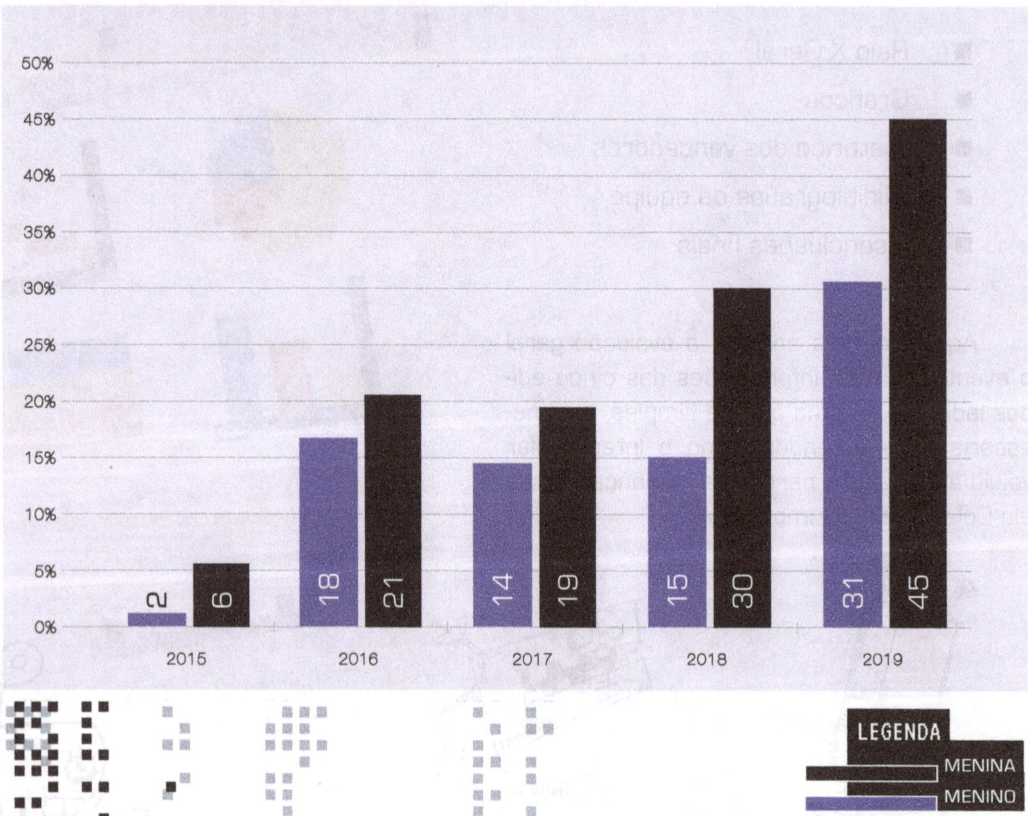

PARTICIPAÇÃO ENTRE ESCOLAS PÚBLICAS E PARTICULARES ANO A ANO.

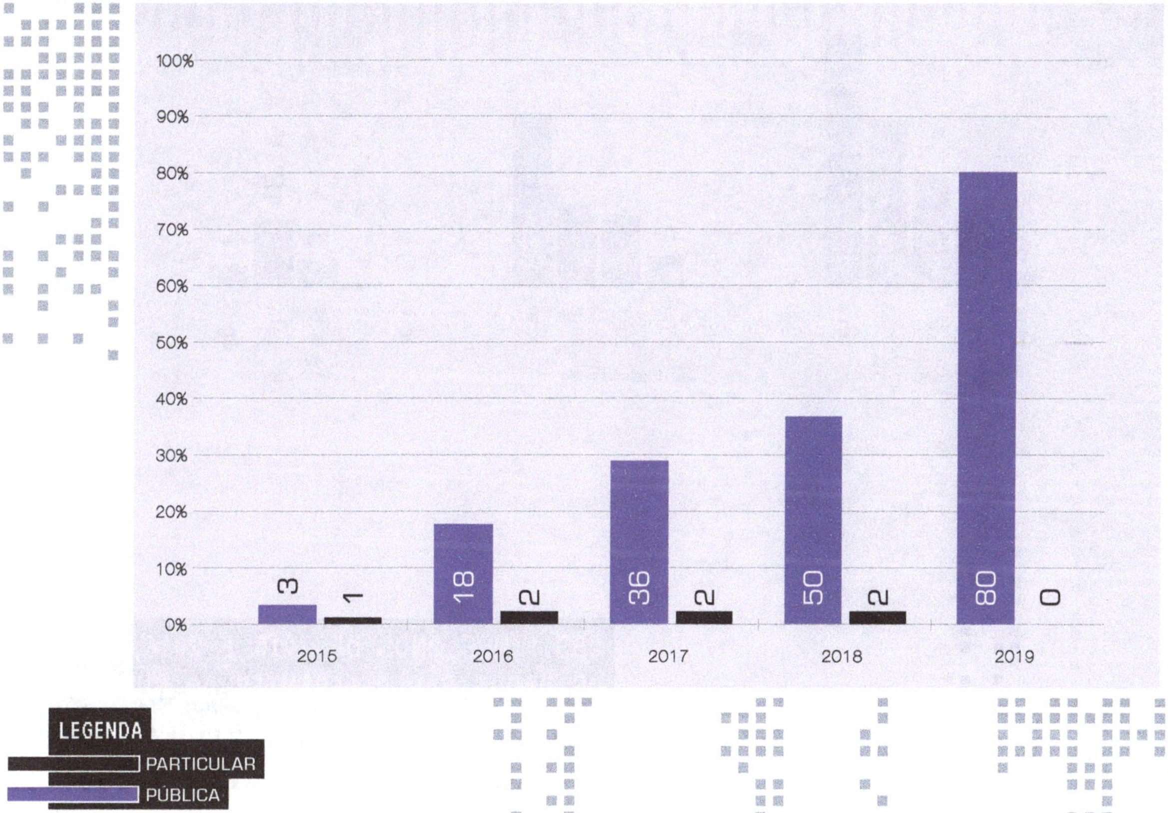

# PARTICIPAÇÕES E DESISTÊNCIAS

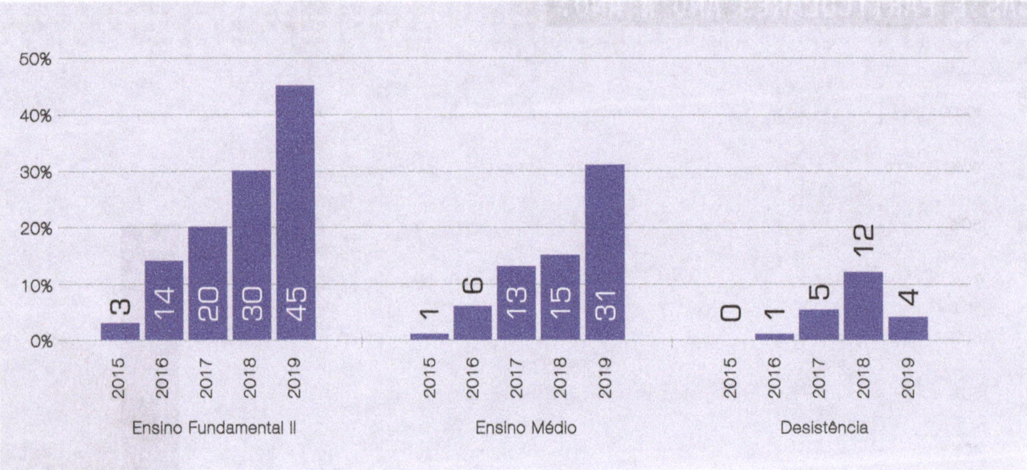


OBS.: NOS ANOS DE 2015 E 2016, OS DADOS SÃO REFERENTES AO NÚMERO DE ESCOLAS, JÁ QUE NO EVENTO AINDA NÃO HAVIA DIVISÃO POR CATEGORIA

# RAIO X

## PARTICIPAÇÕES E DESISTÊNCIAS APÓS ORIENTAÇÕES INICIAIS.

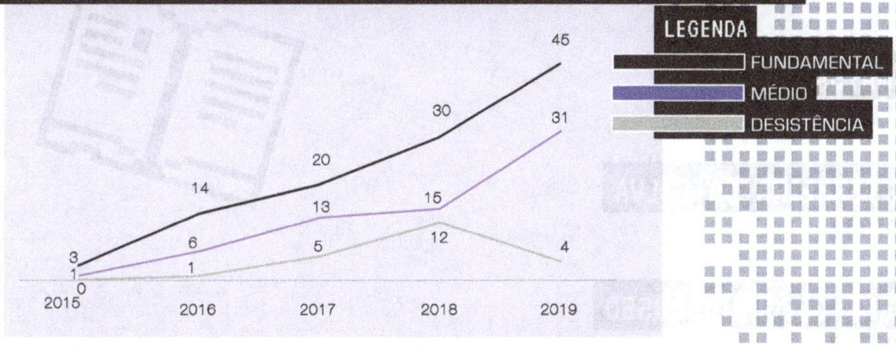


## PARTICIPAÇÕES E DESISTÊNCIAS DURANTE O PROCESSO

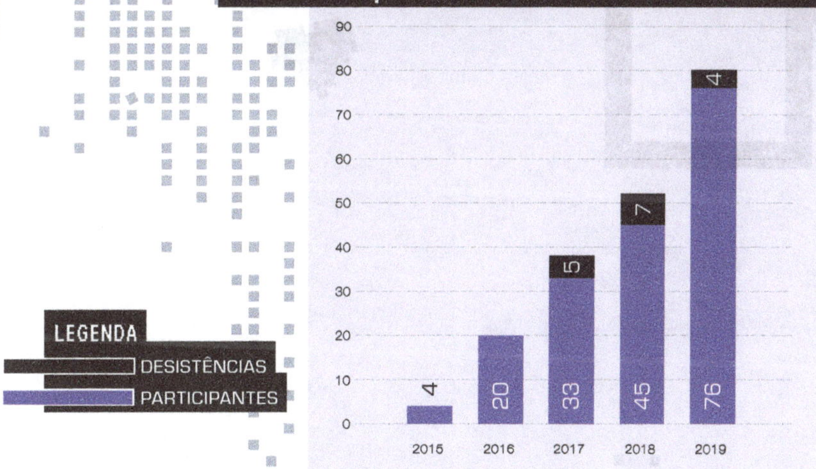

# HISTÓRICO DOS GANHADORES

## 2015

**1º LUGAR - LUARA MAYSA**
COLÉGIO LA SALLE

**2º LUGAR - RENATA FERREIRA DA SILVA**
E.E. GABRIEL ORTIZ

**3º LUGAR - GUILHERME GREGÓRIO RUSSO**
E.E. GABRIEL ORTIZ

## 2016

1º LUGAR - ISAAC QUARESMA GONÇALVES DA SILVA
EMEF PROFESSORA WANNY SALGADO ROCHA

2º LUGAR - RENATA FERREIRA DA SILVA
EE PROFESSOR GABRIEL ORTIZ

3º LUGAR - EVELIN PIMENTEL GOMES
EE CARLOS GOMES

## 2017

1º LUGAR - IGOR DE SOUZA TEIXEIRA
EE PARQUE CONTINENTAL GLEBA 1 (TOMIE OHTAKE)

2º LUGAR - JÚLIA ARAÚJO
EE GOVERNADOR PAULO SARASATE

3º LUGAR - KYARA SANTOS AMARAL
EMEF MARIO FITTIPALDI

# 2018

## FUNDAMENTAL

**1º LUGAR - MARINA VALENARI**
EMEF CLAUDIO MANOEL DA COSTA

**2º LUGAR - RAFAELA RODRIGUES MARCONDES**
EMEF DESEMBARGADOR ACHILLES DE OLIVEIRA RIBEIRO

**3º LUGAR - ISAAC QUARESMA GONÇALVES DA SILVA**
EMEF WANNY SALGADO ROCHA

## MÉDIO

**1º LUGAR - EVELEN GIOVANNA**
EE PROFESSOR VICENTE RAO

**2º LUGAR - JOÃO VITOR NOGUEIRA FERREIRA**
EE PARQUE CONTINENTAL GLEBA 1 (TOMIE OHTAKE)

**3º LUGAR - GABRIELA COSTA**
ETEC DE HORTOLÂNDIA

# 2019

## FUNDAMENTAL

1º LUGAR - FRANCIELLY CÂNDIDA RODRIGUES NAZARÉ
EMEF GASTÃO MOUTINHO

2º LUGAR - VITÓRIA SILVA
EE LEVI CARNEIRO

3º LUGAR - JEAN MENDES DA SILVA
EE PEDRO MOREIRA

## MÉDIO

1º LUGAR - NICOLE AMARAL
EE JOSÉ TALARICO

2º LUGAR - SABRINA BISPO PANDORI PINA
EE OSWALDO ARANHA

3º LUGAR - MAYARA JARBITHA
EE PROFESSOR LUÍS MAGALHÃES DE ARAÚJO

# MINIBIOGRAFIAS DA EQUIPE

## EMERSON ALCALDE

Arquivo pessoal

Poeta, *slammer*, ativista social e co-fundador do *Slam da Guilhermina*, o segundo slam do Brasil e primeiro a ser feito na rua. É *slammaster* dos eventos Madalena Slam Jazz, Torneio dos Slams – Encontro Estéticas das Periferias, Slam Nacional em Dupla FPA e Slam Interescolar. Publicou os seguintes livros: *(A) massa* (2011), *O vendedor de travesseiros* (2015) e *Diário bolivariano* (2019). Organizou a *Coleção Slam* (2019) editada pela editora Autonomia Literária. Já se apresentou em eventos na Venezuela, Argentina, Caribe, Canadá, México e França. Sagrou-se vice-campeão da Copa do Mundo de Slam, em Paris, e é patrono da AEL (Academia Estudantil de Letras) EMEF Dr. José Augusto Cesar Salgado, na Cidade Tiradentes.

CRISTINA ADELINA DE ASSUNÇÃO

Arquivo pessoal

Mãe e professora de história. É membro do Coletivo Dolores Boca Aberta Mecatrônica de Artes desde 2013 e do *Slam da Guilhermina* desde 2012, e juntamente com os comparsas Emerson e Chapéu, criaram o *Slam Interescolar de São Paulo*. Integra orgulhosamente a equipe da Homenagem à Luiz Gama (Luiz Gama em 3 atos) todo dia 24 de agosto e ainda atua aqui e ali como produtora. Cristina é pau pra toda obra.

UILIAN CHAPÉU

Daniel GTR

Uilian-Chapéu é integrante do *Slam da Guilhermina*, trabalha na produção e é o "matemático" do evento. Já atuou em rádio comunitária, no Movimento Cultural Ermelino Matarazzo, Cultura ZL entre outros. Foi proponente de diversos projetos e também participou de algumas antologias como *Pelas Periferias do Brasil* (Vol. 5) e *Defendendo o Óbvio*. No resumo, Chapéu é um articulador cultural da quebrada.

CLEYTON MENDES

Arquivo pessoal

Griot da quebrada. Cleyton Mendes é escritor, poeta, *slammer*, ativista cultural, mestre de cerimônias morador de periferia e muito ousado. Dançarino sem ritmo, amante das artes, escreve seus textos com calos nas mãos e asas no peito.

LEGANT

Thay Freitas

Leandro Santoro, também conhecido como Poeta Legant, é artista, educador/oficineiro e aprendedor. Há mais de 10 anos desenvolve trabalhos em música, teatro, educação, hip-hop, poesia, slam e poezines. Fundador de eventos de rua como "Brasirima", "Batalha Ocupa", "Slampejo" e "Suburbstância Poética". Também já organizou e apresentou saraus ("Art'tude", "Ocuparte"), Batalha de rima ("Batalha Racional"), Slams (*Slam do Grito* e *Slam Resistência*).

RENATA RAVOK

Arquivo pessoal

Renata Ravok, 20 anos, atriz, poeta, da Zona Leste de São Paulo. Começou seus versos aos 13, o que mais pra frente a levou a participar do *Slam Interescolar de 2015*. No ano seguinte, iniciou no teatro, mergulhando de vez na arte e na cultura. Hoje é também Jovem Monitora Cultural.

# INCONCLUSÕES FINAIS

Ao escrever este último texto do livro, nos encontramos no quarto mês de quarentena em razão da pandemia da COVID 19, e o Brasil soma mais de 60 mil mortes. Como se não bastasse a tragédia anunciada, ainda por cima, nossa democracia se encontra em risco real. O ano de 2020 estava todo programado para a realização do nosso Interescolar. Mesmo diante das incertezas da pandemia e do pandemônio, resolvemos abrir as inscrições para o campeonato escolar e, como sempre, porém, paradoxalmente, surpreendentemente, o número de escolas aumentou. Foram mais de 130 escolas inscritas para 2020!

Ficamos muito felizes, mas também bastante preocupados. Felizes por termos crescido tanto e preocupados por não termos a certeza de que conseguiríamos realizar o evento. Decidimos então nos adaptarmos para as plataformas digitais e reorganizamos tudo para o formato virtual, desde as edições do *Slam da Guilhermina*, passando pelo Ciclo Formativo, o workshop com os professores, até as idas dos poetas-formadores às escolas. Contudo, finalizamos os preparativos com uma dúvida: se iremos ou não realizar o *Slam Interescolar online*, o que, consequentemente, significa que cada poeta-mirim e cada membro da equipe participarão do campeonato de suas respectivas casas. Sabemos das dificuldades dos alunos das escolas públicas, sobretudo das escolas públicas da periferia de São Paulo, pois muitos não têm internet em casa e/ou possuem, quando muito, um celular precário.

Há poucos meses assistimos ao *Slam Interescolar de Paris 2020* e foi muito emocionante: cada criança poetizando na sua casa e do seu jeito muito fofinho. Mas o Brasil está longe de ser a França! E acordamos para a realidade. Vamos aguardar. Não temos muito o que fazer a não ser esperar tudo isso passar. Aliás, neste livro contamos a história dos cinco primeiros anos do Interescolar e este seria o sexto ano, então, sem *spoiler*, vamos guardar essas informações para o próximo capítulo de um novo livro. E, quem sabe, um outro ainda para contar a nossa história de 10 anos e de como vencemos o autoritarismo e a pandemia.

Laila Manuelle

**Tiragem:** mil

**Dimensões:** 210 x 191mm

**Papel:** Offset 90g

**Impresso na gráfica:** Searon

**LiteraRUA**

www.literaRUA.com.br

Av. Deputado Emílio Carlos 179, Loja 4, Primeiro Andar.
Bairro do Limão - São Paulo - SP. CEP: 02721-000

**Fone:** 11 3857-6225 / Cel.: 11 97715-4412

nois@literarua.com.br